回到過去變成貓

BACK TO THE PAST TO BECOME A CAT NO.9

陳詞懶調 × PieroRabu

東區四賤客

黑碳（blackC）

主角貓。本名「鄭歎」，原為人類的他不知為何變成一隻黑貓，穿越到過去年代。為求生存，他開始訓練自己的貓體，展開以貓的角度看世界的貓生歷險。

警長

白襪子黑貓。個性好鬥，打起架來不要命，總跟吉娃娃過不去。技能是學狗叫。

阿黃

黃狸貓。外形嚴肅威風，其實內在膽子小，還是個路痴。技能是耍白目，被鄭歎稱為「黃二貨」。

大胖

黑灰色狸花貓。很聰明，平時不動則已，動則戰鬥力爆表。技能是被罰蹲泡麵。

焦家四口

焦明生（焦爸）

收養黑碳的主人，楚華大學生命科學系教授，住在東教職員社區B棟五樓。他很保護黑碳，也放心讓黑碳接送孩子上下學，他與黑碳之間似乎有種莫名的默契。

顧蓉涵（焦媽）

國中英語老師，從垃圾堆中撿回黑碳。鄭歎很喜歡吃她做的料理。

焦遠

焦家的獨生子，有點小調皮，其實是個很用功的好孩子、很照顧妹妹的好哥哥。目前已是高中生。

顧優紫（小柚子）

因父母離異而寄住焦家，是焦遠的表妹，目前已是國中生。她平時不太說話，但私下裡會對黑碳說說心裡話。

小動物們

瑪律斯

沒有做過剪耳手術的黑色大丹犬，舒董的愛犬。個性溫順，平時與別的動物相處較多，對貓友善。很怕熱，喜歡玩水。

豆腐

黑色大丹犬，瑪律斯的兄弟。曾做過剪耳手術，看起來精神威猛，雖然長了一張凶殘的臉，但其實性子溫順。喜歡玩水。

大米

三花貓，花生糖和黑米的女兒，個性較安靜穩重，被方萌萌收養。遺傳到父親的強大基因，比一般的貓聰明。

小米

毛色是黑白花色，黑米和花生糖的兒子，與父親花生糖一樣嘴邊有痣。個性活潑好動，很得趙樂母親寵愛。

人類朋友

方邵康（方三爺）

韶光集團董事長，韶光飯店老闆。他遊走鄉間時遇上正流浪中的黑碳，不只幫助黑碳回家，還拉著黑碳一同在街頭賣藝，一人一貓可謂有著患難與共的感情。

方萌萌

方邵康的女兒，比小柚子的年紀小，喜歡貓。與黑碳相識後，向父親吵著要養小動物，進而收養大米，後與小柚子成為好朋友。

鍾言

被周遭人輕視的少年，考大學時一舉成名，進入京城大學就讀。性格堅毅，吃苦耐勞，與黑碳在老社區認識，一人一貓互有好感。

黃玖（小九）

焦媽老家村裡的貧窮受虐女孩，差點被父親當成人形血庫賣掉，幸而被黑碳救出，因緣際會下被坤爺收養。

Contents

Back to
the past
to become a cat

第一章

少年鄭歎與黑貓鄭歎

聽說每天同樣的規律做類似的事情，時間就會過得特別快。

鄭歎也是這麼認為。

吃飯、睡覺、閒晃，間或看點熱鬧偷聽些八卦，再看日曆的時候發現，哦，原來日子已經在不經意間過去了。

鄭歎趴在校園主幹道上一棵高高的梧桐樹上面，茂密的葉子將上方的陽光遮擋住。不熱，吹著微風，昏昏欲睡。

從過年到開學，一直到現在即將暑假，半年時間感覺一眨眼就又過去了。

說起來，這半年也發生了不少事。

二毛和龔沁奉子成婚，雖然在楚華市另外買了房子，但很多時候還是會住在社區這裡。黑米一直被帶著，就算二毛家裡很多人反對，可是龔沁和二毛都不介意，現在二毛夫婦在哪裡，黑米就跟著在哪裡住。好的是黑米不怎麼出門，不管是在社區的房子裡還是在二毛另買的房子裡都還算習慣，沒鬧騰。

小柚子三月中旬的時候參加了希望盃的初賽，然後又進入四月的決賽，得了個一等獎，獎牌和證書等都被小柚子放在一個抽屜裡，並沒有拿出來炫耀。社區裡得過類似獎的孩子並不少，就算不是希望盃，還有其他盃、其他競賽類。焦遠他們當初也得過一些競賽的獎，只是非數學類。

參加類似比賽的學生，從國小四年級到六年級的都有。四年級的主要是鍛鍊一下，為以後參加其他考試做個準備，五年級的學生目標就要稍微高一些，至於像小柚子他們這些六年級的同學，大多數參賽都是和國中入學考試結合起來。

一些明星學校的招生中，希望盃等賽事的獎牌都是有分量的「敲門磚」，一塊賽事獎牌，無疑在國中入學考試中占有很大的優勢。也正因為這樣，才有不少家長在自家孩子還是二、三年級的時候就開始報各種補習班，甭管孩子樂不樂意。

焦爸焦媽平時可沒怎麼特意去教導孩子，無論是焦遠還是小柚子，不過兩個孩子都很努力。當初焦遠得獎之後也有學校打電話過來拉人，焦遠覺得那些學校都離得太遠、太麻煩，沒多少自由，和蘇安他們幾個都選了最近的學校。這次小柚子也是。

說到小柚子升國中，就得說焦遠升高中了。

一眨眼，當初鄭歎來的時候還讀小學的兩個孩子，現在都成中學生了。毫無疑問的，焦遠和幾個小夥伴一起就讀楚華大學附屬中學，不過以後就得住校了，附中離這裡有點遠。到時候鄭歎也不會經常聽到焦遠他們幾個變聲期的嗓門了。

對於小柚子和焦遠來說，這是一個具有轉折意義的暑假，而這個暑假，焦爸早就已經做好了安排。

鄭歎某天晚上偷聽到焦爸和焦媽談話提到暑假的安排，這個假期會帶著焦遠和小柚子去南邊的南華市和南城玩玩。

袁之儀從去年下半年開始就一直在南華市和楚華市之間來回的飛，因為他決定在南華市開間分公司。這是因為現在公司有了根基、有了底氣，再回到南華市利用當初他老爹留下來的人脈關係網，開間分公司也不是太難，不過奔波起來也夠嗆。

年後，袁之儀來串門，鄭歎就發現袁之儀瘦了不少，也黑了不少，不過精神很不錯，充滿鬥志。開年後袁之儀每次往南華市飛，都會去各個大學舉行宣導會收納人才，聽說今年畢業季簽訂了不少好苗子。

這次焦爸去南華市，除了看看分公司的情況，和袁之儀一同跑幾個合作專案，還要去拜訪一下當年的幾位老師。這些年焦爸都只是在網上發郵件或者打電話聯繫過，並沒有過去拜訪，這次便順道去看望一下那幾位老師，他們都是和袁之儀父親比較要好的，當年對焦爸和袁之儀都很照顧的老教授。當然，那邊還有一些幾年不見的同學，都是要走動走動的。

鄭歎在知道要去一趟南華市和南城的時候，心裡很複雜，他原以為再也不會去那個地方了，沒想到竟然又有機會過去。

當初去那邊完全是被動，各種危機不斷且到處流浪，還差點被人砍了燉湯，這次卻不同，和焦家人過去純屬玩樂，心情也輕鬆不少。想一想，鄭歎還是很期待。

跳下樹往社區跑，鄭歎見到社區裡滿是樹蔭的那邊，幾個孩子圍著一位中年教師在詢問著什麼，站著的孩子中有小柚子以及她的同學岳麗莎和謝欣，估計又在討論大賽時碰到的題目。

那位老師鄭歎認識，他教數學的，很喜歡給社區的孩子們講課，有時候在社區裡乘涼還會跟一些中學生們探討一下某競賽題的多種解法，有很多都是尋常思維難以想到的，讓那些孩子們長了不少見識。

不過，社區的很多孩子們被問到以後會不會選擇數學專業的時候，基本都會說「不」，理由是諾貝爾獎沒有數學這個獎項。

鄭歎曾經聽那些孩子們說起過原因，諾貝爾獎設立了物理、化學、生理學或醫學等等領域的獎項，卻偏偏沒有數學這個重要學科的獎項，傳言解釋有好幾種，只是社區那些孩子們說起來的時候更偏向於第一種，即——諾貝爾被一位數學家挖牆腳以至諾貝爾的愛情受挫。

這種解釋雖然被認為可信度不高，但每次說起來的時候都會優先被提起。可見每個人都有一顆八卦的心。

見到鄭歎，小柚子向其他幾人打了個招呼，和鄭歎一起回家。

現在很多學校都已經放假，他們還沒有出發前往南華市，主要還是焦爸那邊的原因。要離開一個月，焦爸得先將這邊的事情安排好，手下的研究生和博士生越來越多，手頭的專案和各個課題任務得分派下去。

很多院系的研究生都是沒有暑假的，不過焦爸沒管得多嚴，只要效率高、時間安排合理、任務完成及時，想有假期的照樣有假期。不過大夏天的，更多的學生還是喜歡待在裝有空調的自習室裡，去實驗室做個試驗，然後空暇時間跑到自己課題組的自習室吹空調上網，再往製冰機裡面扔個西瓜什麼的等著吃冰西瓜，易辛他們幾個就是這樣。

鄭歎在跟著焦家人離開之前還碰到卓小貓，那小屁孩每逢假期都有人帶著他到處玩，這次暑假就跟著佛爺等人往北方去避暑了。佛爺帶著幾個學生去北方的一間研究所交流專案，卓小貓純粹是跟過去玩。

◆◇◆◇◆◇◆◇◆

七月中旬的時候，焦爸將手頭的事情安排好，然後帶著一家人開車前往南華市。

鄭歎動了動脖子，不太習慣成天戴著貓牌那玩意兒，可在南華市這種地方，他得多留心，途中已經看到好幾家貓肉狗肉的館子了。不僅是鄭歎，焦家的其他人也叮囑鄭歎好幾次，以前去哪裡都是讓鄭歎別惹事，這次是讓鄭歎別亂跑。

袁之儀在南華市有房子，還是空中別墅，不過他去楚華市發展後就將房子租出去，去年回來將房子重新裝修，留著自己住，這邊開分公司之後肯定會跑得勤，這樣也有個落腳的地方。

「房間空著很多，你們就自己挑來住吧。」

袁之儀將一串鑰匙給焦爸，他老婆孩子都沒跟過來，一個人住著還覺得挺空虛寂寞的，現在好了，人多熱鬧。

等袁之儀和焦爸去商議這邊分公司的事情，焦媽帶著焦遠和小柚子整理房間的時候，鄭歎在房子裡遛了一圈，發現本來應該放財神像的地方，擺著個黑色的貓像。但很坑爹的是，那隻貓脖子上掛著塊貓牌，貓牌上刻著「黑碳」二字。

袁之儀每次去焦家見到鄭歎的時候都要拜一拜，剛開始鄭歎還甩臉色鬧脾氣恨不得上去踹兩腳，次數多了也就麻木了，對袁之儀的所作所為直接無視。只是一想到袁之儀對著這種貓像燒香拜祭，鄭歎就感覺渾身不自在，只能感慨一句：傻蛋何其多。

晚飯過後，袁之儀和焦爸開著車前往南華大學那邊，今天約了兩個當年的同學，現在都留南華大學當老師。

太陽下山之後，南華大學靠江的那邊有一條道路，通常會有很多人在那邊活動。很多大學都給人一種大隱隱於市的感覺，楚華大學是，南華大學亦是。校園裡很安靜，出來卻能看到繁華的城市夜景。

焦爸他們幾個當年的同學在一起聊天，抒發一下這些年來當老師的感想，也讓袁之儀講講當老闆的感覺。

「現在學校老師的壓力越發大了，研究經費和教學工作是懸在每個講師頭上的達摩克利斯之劍，生存壓力讓我們這種普通草根講師成天為生存奔波。搶課時、爭專案、寫論文，還要防著一些人背地裡的陰招，勞心勞力……也難怪人家說，當學生的時候還能一心一意做自己的實驗，當了老師就難得有機會了……」焦爸一個同學說道。

鄭歎和焦媽他們一起待在不遠處吹著江風，看著周圍的夜景，他能聽到焦爸他們的談話。焦爸那兩個同學似乎現在都只是副教授，成果是做出來不少，可惜幾次申報教授都以失敗告終。有個還感慨如果袁老教授還在世，或許他們早就升上去了。

誰都不容易，都有說不出的苦。相比之下，焦爸和袁之儀混得算是好的了，一個升了教授，專案課題進展順利，一個開公司當大BOSS，賺了不少錢。

正想著，鄭歎突然感覺頭被什麼東西砸了一下，不疼，砸過來的只是個軟軟的球形玩具。鄭歎往周圍看了一圈，視線停留在一個五、六歲的小男孩身上。那小孩手裡有個袋子，袋子裡裝著好幾個雞蛋大小的球形玩具，上面印著各種動畫人物，和剛才砸鄭歎的那顆球差不多。

那小孩一直盯著鄭歎，然後在鄭歎的注視下，他又從袋子裡拿了一顆球，朝鄭歎扔過來。

鄭歎最討厭的就是面對這個年紀的孩子。你不可能跟他講理，能講鄭歎也講不出來；而且你如果不配合他們或是還手小小報復一下的話，他們就哭給你看，召喚家長。所以這樣一比起來，鄭歎覺得卓小貓還比較好應付。

雖然嫌麻煩，但鄭歎也不是坐在那裡乾等著被砸的性格，那小屁孩將手伸進袋子裡的時候，鄭歎就做好了被扔的準備。果然，一顆圓圓的東西就扔了過來，扔得還挺準，看來這小孩平日裡沒少玩過這東西。

鄭歎抬手將即將砸到自己腦袋的小圓球拍回去，然後看向不遠處的那個小孩。

扔過去的球被拍掉，小孩不僅沒哭，反而眼睛一亮，又精神了不少，手伸進袋子裡又是一顆球扔過來。

鄭歎接連拍飛三顆球之後就不想跟這小屁孩玩了。

焦媽帶著兩個孩子看著鄭歎拍球，剛才他們本來打算過去止住那小孩的動作，不過看著那小圓球很軟，砸中也不疼，自家貓還玩得很「高興」，他們就沒阻止。現在看到自家貓一副完全沒興趣的樣子，那小孩明顯還沒玩盡興，焦媽怕那小孩跑過來招惹自家貓，從旁邊的石凳子上起身準備過去跟那小孩交流交流。

沒等焦媽走過去，那邊就有人在叫小孩的名字了，看上去是小孩的家長。

一對夫妻走過來，女的去拉那個抬腳想往鄭歎他們這邊走的小孩，男的看了鄭歎一眼，頓了頓，然後視線掃到旁邊的焦媽三人，似乎有些疑惑和不確定，上前問道：「請問，是焦教授家的人嗎？」

焦媽看了眼前的人一眼，有些陌生，就算見過也沒什麼印象，不過這人看起來好像不是什麼不好相處的，便禮貌的笑著應了一句。

那人一聽，知道自己沒認錯，臉上的笑意加深，「果然是你們！」

鄭歎本來就瞧著這人有些面熟，只是一時沒想起來，現在聽到那人跟焦媽自我介紹的時候才記起，當初回焦爸老家過年的時候碰到過這個叫鄭軒的人，這人還給過焦爸一張名片。而鄭歎之所以對這人有印象，一個是因為這人在南城工作，另一個是這人跟鄭歎同姓，現在想來，還真是緣分。

鄭軒今天帶著老婆和孩子來南華市參加一個親戚的婚宴，沒想到會碰到焦家的人。他每年都會回一趟老家去拜祭，只是除了當年碰到焦家人的那次，後來過年都是來去匆匆，也沒帶老婆和小孩，不過他對於焦家的人有所耳聞，畢竟焦教授是那一帶被很多老人們稱讚頻率比較高的。

在一些思想比較傳統的老人心裡，大學教授比一些商人的地位要高，所以每次提到周圍幾個村有什麼名人的時候，鄭軒都會聽到一些關於焦教授的事情，只是一直沒碰到面。

再加上他記憶力不錯，就算是不怎麼記得焦家的人具體長什麼樣子，也記得那隻總跟焦家人待在一起的、有些特別的黑貓。自家孩子回南城之後特別喜歡找貓玩的一個原因，就是焦家的這隻黑貓給孩子留下的印象。

從焦媽口中知道焦教授也在附近，鄭軒決定先留在這裡站一會兒，等焦教授回來大家聊聊，畢竟是老鄉。在南華市碰到老鄉不算很難，但碰到有些社會地位的老鄉，就不那麼容易了。

既然都是認識的，還是老鄉，鄭軒便讓老婆和孩子都過來坐一會兒。

鄭軒的兒子，也就是剛才拿球扔鄭歎的小屁孩，眼睛一直盯著鄭歎，看那樣子是時刻想著從袋子裡拿出球跟鄭歎玩。

鄭歎沒理他，看都沒看那小屁孩，有焦媽、焦遠和小柚子在這裡，他不怕這小孩拿東西砸。

沒多久，焦爸他們幾人也聊著走了過來。鄭歎沒想到的是，袁之儀跟鄭軒也認識，一見面就一個「袁總」、一個「鄭總」的寒暄。

知道鄭軒跟焦爸是老鄉，袁之儀心裡樂呵了，有這層關係在，看對方也沒有要疏遠的意思，上週沒談下來的那筆生意應該還有轉圜的餘地。

想著想著，袁之儀又看了一眼蹲江邊看夜景的黑貓，剛才鄭軒說他們本來打算直接回去的，一轉身發現自家孩子跑了，尋過來發現自家孩子在跟黑貓玩，這才認出了焦家的人。

這麼一想，袁之儀心裡感慨：果然是福星啊！

所以，袁之儀一高興，就抖起來了，間歇性遺忘症發作忘了鄭歎的名字，向旁邊站著的大學同學介紹鄭歎的時候說道：「這是明生家的招財。」

搞得那幾位焦爸的大學同學都以為鄭歎就叫「招財」，還說這名字親切。與周圍各種洋化的寵物名字相比，「招財」這名字的確聽著本土多了，不過聽焦爸解釋之後，他們才知道鄭歎真正的貓名，那兩人看了鄭歎一眼，「哦，黑碳這名字更親切。」

知道焦爸和袁之儀會在南華市待一段時間，那兩個大學同學也不急了，還約著到時候找幾個在這邊工作的同學一起聚聚。等他們離開之後，袁之儀就開始跟鄭軒談上次沒談成的生意，正好焦爸也在這裡，那間公司也有焦爸的股份，能多給袁之儀一些建議。

這次鄭軒的語氣隨和多了，不像上次跟袁之儀談的時候那麼公式化和商業化，現在則是擺明一個「此事可商量」的態度。這讓焦爸有些意外，畢竟對很多商人來說，交情歸交情，生意是生意，分得很開。

今天鄭軒擺出這種態度，就是為了跟焦爸和袁之儀結識一下。

鄭軒這人，雖然草根出身，但能打拚到現在的身家也算是有能力的。第一次碰到焦家人的時候，鄭軒還只是某公司的高階主管，後來才出來自己開公司當老闆，公司在南城，兩年下來公司也經營得相當好，不然袁之儀不會找過去。所以鄭軒他也有自己為人處世的一套。

「我明天就回南城了，公司那邊走不開，要不到時候焦教授、袁總你們去南城，大家一起吃個飯？」鄭軒道。

「行，下週我們會去一趟南城，就是不知道鄭總到時候有沒有空。」袁之儀笑道。

「沒空也要抽空出來。那我就在南城等著你們了。」

這時，鄭軒手機響了，他也沒再繼續跟焦爸他們聊，告辭之後拿著手機跟人通話，順便招呼自己的老婆和孩子離開。

鄭歎從他們說起南城的時候就一直支著耳朵聽，聽到鄭軒說他公司所在的地方，他依然很熟悉，那一片都是商業區的辦公大樓，鄭歎以前也沒少往那邊跑，因為他爸的公司也在那裡。

於是，鄭歎決定到時候厚著臉皮跟著焦爸和袁之儀去那邊算了，焦媽和兩個孩子雖然也會過去南城，但是不會在那裡久待。

在南華市這邊玩了幾天，鄭歎玩也玩得心不在焉，焦媽還以為鄭歎是水土不服，殊不知鄭歎對這邊熟得很，以前雖然生活在南城，但南華市這邊也沒少跑，怎麼可能不適應？只是鄭歎心裡一直惦記著去南城，每天掰著指頭數日子。

終於等到出發那天，鄭歎前一晚上興奮了一夜，沒睡著，出發後在車上也沒睡，就看著窗外似曾相識的風景。

上一次以貓的身分來到南城，鄭歎是流浪過來的，偷偷搭乘一輛貨車，偷偷下車，見不得光，滾得渾身髒兮兮的也沒個好地方洗澡，只能在一個社區養魚的池子裡洗冷水澡；那時候也沒有「身分證」，所以鄭歎還強搶了一隻高貴優雅的波斯貓的貓牌來戴著。

回想一下當初的流浪生活，那還真是步步小心、時時在意，實在是被那些貓肉館的經歷和見聞嚇住了，那時候的鄭歎也差一點被砍了燉湯。

而現在，鄭歎是光明正大出現在這個城市。

看著南城的街景，鄭歎突然很想高聲吼一句：老子又回來了！

可惜，不能。

在南城，他們只能住飯店，鄭歎又開始了躲在背包裡的日子，好在每天只需要躲兩次。

◆◇◆◇◆◇◆◇◆

抵達南城的第二天，焦媽帶著兩個孩子去找已經聯繫到的同學交流感情，叫鄭歎一起。鄭歎扭頭，不去，對焦媽的話就當沒聽見，待在袁之儀的車裡說啥也不走。焦爸的車還可能被焦媽開走，但袁之儀肯定是開車去鄭軒公司那邊的，所以鄭歎就趴在袁之儀的車裡了。

「哎呀，牠不想過去就不去唄，待會兒跟著我們也能去吃大餐，南城不至於連家能帶寵物的餐廳都沒有。」袁之儀不在乎的說著，而且他對此情形還挺樂意，這說明今天或許又有好運啊！

焦媽沒辦法，焦爸也沒說什麼，所以就由著鄭歎折騰了。

鄭軒對於焦爸帶著鄭歎倒沒啥意見，三人談完事，也到了吃飯的時間點。鄭軒看了一眼手錶後，對焦爸和袁之儀道：「今天帶你們去個好地方，那裡的菜絕對會讓你們流連忘返。哦，那裡也能帶寵物，只要自己管好就沒關係。」

鄭軒帶著焦爸他們去的並不是什麼五星級飯店或者高級的西餐廳，而是一家建築風格有些古樸的餐廳。鄭軒的車在前面，帶著他們去停車的地方停好車。

「古琴舍？」袁之儀指了指店門口那三個字，對旁邊的焦爸道：「我沒認錯吧？」

「沒錯，是古琴舍。」焦爸回答道。

鄭軒笑了笑，「很多人一聽到古琴舍就覺得是學古琴的地方，再加上這地方看起來也很有那種風格，所以第一次過來的人大多會誤會，其實這裡就是個吃飯的地方。至於名字，『古琴』其實是這裡老闆娘的名字。聽說她家祖上出過御廚，還有祖傳祕方，像是這裡的清炒小白菜，我覺得都比其他地方的好吃，吃過之後吃其他地方的都感覺不是那個味道。這裡經常爆滿，每次都得提前幾天預訂，好在我跟這裡的老闆認識，讓他給我留位子。」

鄭軒帶著焦爸和袁之儀往裡走，一邊推薦這裡的美食。

鄭歎待在背包裡，想著：古琴舍，這名字聽著好像有點印象。

古琴舍雖然是家能帶寵物進去的餐廳，但也是有講究的，只有訂了樓上獨立包廂的客人才能帶著寵物，不然樓下那麼多桌，客人也多，你帶寵物進去的話，就算有人不介意，但更多的客人還是會有想法的，比如會有人質疑衛生方面的問題，即便很多區域都有屏風擋著，可是效果畢竟有限。

所以，鄭軒帶著焦爸和袁之儀直接上樓，去了預訂的包廂。在古琴舍訂個位子都有些難度，可想而知訂個包廂多麼不容易，理所當然的，樓上包廂比樓下大堂的費用也要高出好多倍。

「因為認識，所以每次過來都能享受一把打折的待遇。」頓了頓，鄭軒有些得意的說：「也比會員享受到的優惠更多。」

隔壁包廂的人不知道因為什麼原因在吵架，聲音很大，這邊聽不太清楚，但這也說明這裡的隔音效果不錯，窗子一拉、門一關、空調一開，只要不是扯開嗓門大吼，隔壁也聽不見。

竹簡模樣的菜單送上來後，鄭軒向焦爸和袁之儀介紹這裡的招牌菜和特色菜。至於鄭歎，他在旁邊的一張小椅子上坐著，靠窗，看著窗外樓下的人來人往。

隔壁吵架吵得更激烈了，一個古琴舍的餐碗被扔了出去，掉落到一樓的地面上，摔成碎片。

鄭歎想起來這個地方了，以前他爸經常過來，每次過來的時候都不會是一個人，有時候帶不知道第幾任的情人，有時候是和一些商場的熟人過來；當然，第一種情況居多，那人品就好像剛才隔壁包廂的客人扔出去摔在地面的陶瓷碗，碎成渣。

當年鄭歎也來過兩次，一次是來這裡吃飯，一次是來這裡揙他爸的小情人。

心裡吐槽自己老爸的「光輝事蹟」，鄭歎一邊想著當初自己過來這邊「抓姦」時的事情，突然眼皮一跳，他想起了為什麼來這裡聽到古琴舍的名字就覺得怪怪的。他對這裡印象比較深的原因，並不是因為他爸跟情人經常過來吃飯，畢竟他爸向情人展示浪漫的地方太多了，不同性情風格的情人會被他爸帶去不同的地方風流快活。

鄭歎對這裡的印象深刻，是因為他想起了自己過來找他爸吵架的時候所見到的事情。不是什麼好事，具體時間也記不清。

——算了，不想了。

鄭歎覺得自己的運氣也不會那麼好，難得來一次怎麼可能恰巧就碰到那破事？打了個哈欠，鄭歎趴在窗戶邊繼續往下看，耳朵也聽著焦爸他們談論的話題。

鄭軒正在感慨南城有錢的年輕人不少，所謂年少多金，甭管他們有錢是不是因為他們有個金子般的爹，只看結果，事實就是事實。

這裡的三個人也到了一定年紀，有了更多的閱歷，聊起來的時候也頂多感慨一下說說笑笑罷了，不會有太多的酸葡萄心理。

低學歷的鄭軒初來南城是從底層拚搏起來的，見多了各種各樣的人。說起來，他當年還年輕時也羨慕過那些香車美女奢侈品環繞的年輕人，那時候他和一些離鄉背井到外地打拚的人站在路邊，一樣穿著地攤貨、抽著廉價的香菸，看著那些享受上流生活的十幾歲年輕人開著豪車呼嘯而過。羨慕是肯定的，冒酸水也是肯定的，說起「年少多金」這個詞，那時候南下拚搏的他們只有一個感想——

年少，早已成為過去；多金，在不知道多遠的未來。

不過現在，鄭軒顯然是一個正面的勵志型成功例子。學歷，他透過一些方式手段搞到了；金錢，正在賺而且勢頭不錯。人經歷了一些事情，到了一定的高度，眼界不同，心境也不同了。

鄭歎正隨著鄭軒的話回想自己當年的敗家生活，突然瞥見一樓那邊有道熟悉的人影——一個中年男人，那是鄭歎的親生父親；一個身材火辣的妹子，那是鄭歎父親的小情人。

鄭歎雖然知道自己的老爸是個什麼德行，曾經也見得多了，但是現在看到這一幕，還是忍不住火大。

樓下，鄭歎他爸摟著那個妞走進古琴舍，鄭歎就將頭抵在窗戶邊上憤憤盯著那兩人，直到看不見。

「招財在看什麼？」袁之儀用手肘撞了撞焦爸，下巴點了點鄭歎的方向，然後起身湊到窗戶邊往外看。

焦爸和鄭軒也好奇的往樓下看過去，不過這時候鄭歎他爸已經摟著小情人進餐廳裡了，焦爸他們過來的時候，看到的只是樓下從一輛休旅車裡牽出來的黑色大狗。

「哦，是在看牠吧？那是舒董的愛犬，一隻叫瑪律斯的大丹犬。」鄭軒解釋道，同時也說了下舒董這個人以及他和舒董的一些業務來往。

「不對啊！」袁之儀注意的重點不是在舒董這個人以及他的公司有多厲害，而是在那隻大丹犬，「我一個朋友也養了大丹犬，不是長這樣的啊！」

「哪裡不一樣？」焦爸因為家裡養貓才對貓有些瞭解，至於犬種，只是知道點皮毛而已。

鄭歎也被他們說的話轉移了注意力，改去觀察那隻大丹犬，可惜他對狗也不瞭解，熟悉的犬種也只有見過的那幾樣，比如社區的聖伯納犬花囹囹、牛頭梗牛壯壯、總跟警長對著叫的那隻吉娃娃，還有三血脈串串撒哈拉等。大丹犬以前可能見過，只是鄭歎沒注意也沒印象了。

盯著樓下那隻大丹犬看了看，袁之儀一拍手，「我知道了，是耳朵！我就說嘛，我那朋友養的大丹犬耳朵是豎著的，看起來可精神威猛了，這隻就不同，瞧著脖子有些短似的。」

「哦。」鄭軒恍然。

由於跟舒董有業務來往，鄭軒曾經花工夫瞭解過舒董這個人，知道這人喜歡狗，所以也連帶著對狗做過些調查，現在聽袁之儀這麼說，鄭軒也知道這其中的緣由了。

「那是因為舒董這隻大丹沒有做過剪耳手術。」鄭軒解釋道。

「剪耳手術？」

「嗯，就像有些狗也會剪尾巴一樣，很多人因為飼養的某些犬種的關係，會考慮帶去寵物醫院幫狗修一下耳朵，原本大丹犬的耳朵是垂著的，剪耳之後耳朵就長成立起來的那種樣子了。所以，袁總你朋友家的大丹應該是做過剪耳手術的。」

剪尾剪耳之類的在犬類中很常見，有些是為了犬種的工作需要，方便戰鬥或者捕獵等等，但現代很多犬種剪尾剪耳大多是為了美觀。有些時候看習慣了那些剪耳斷尾的犬之後，會習慣性的認為這些狗就長這樣。

比如杜賓，在有些外行人看來耷拉耳朵、加大長尾巴就等於不道地的杜賓，在街上猛一看到那些垂著耳朵的長尾巴杜賓，你告訴他們這就是純種的狗，他們絕對會說：「胡扯！你在跟我開玩笑嗎！」

有些沒做這類手術的飼養者都不好意思在網上上傳照片，因為會被人批，牽狗出去散步也會被指指點點，相當尷尬。

「現在一些國家禁止對犬類做這種手術了，國內倒是沒什麼限制。現在國內有很多人針對這種手術爭論著，一方說剪耳斷尾是為了狗好，防止耳螨等耳疾，讓聽力加倍等等；另一方則列舉一些例子駁斥，說不人道。總之雙方吵得不可開交。舒董就是後面那種人，所以他對自己的大丹犬沒做剪耳手術。」

鄭軒有些話沒說完，曾經有不少人勸舒董去為他家大丹犬做手術修耳朵，被舒董一句「滾你媽的」罵跑了。因為這個原因被舒董罵過的人可不少，罵出口的話鄭軒也不好在這裡說，只是每次想起來就覺得很好笑，舒董那人確實挺有意思。

聽鄭軒說這些，鄭歎還慶幸自己沒變成一隻要斷尾剪耳的犬種，果然，土點還是有好處的。

古琴舍的菜確實不錯，難怪鄭軒會如此推崇。

古琴舍的老闆知道鄭軒帶朋友過來，還特意送了一鍋清湯麵，也不知道是怎麼做的，吃著確實令人回味，對得起菜單上的那三、四位數的價錢。

食物確實不錯，可惜鄭歎吃得有些心不在焉，他想著他那位不負責任的老爸到底摟著小情人在哪個包廂吃飯，自己要不要找過去瞧瞧，順便給他添點麻煩？

吃飽喝足，三人又聊了一會兒天，這才準備離開。鄭歎待在焦爸揹著的背包裡，出包廂門的時候鄭歎看到對面的包廂也有人走了出來，正是他老爸和那個小情人。

鄭歎深呼吸，憋了氣才沒衝出去抽那兩人巴掌，但他盯著那兩人的眼神不怎麼好，以至於那兩人出包廂門一對上鄭歎那雙貓眼時心裡齊齊驚了一下，不過鄭歎他爸知道這地方能夠帶寵物進來，也見過幾次帶貓帶狗的，因此沒說什麼，但那位小情人可受不了那眼神，抱著鄭歎他爸的胳膊嬌聲催促快點離開。

鄭歎他爸心裡也覺得有點涼颼颼的，他總覺得那隻黑貓的眼神看起來特別詭異，瞧得他心裡發虛。因此被懷裡的小情人一催，他也不想繼續留在這裡了，趕緊大步離開。

鄭軒被古琴舍的老闆拉著說了兩句，看得出來這人和鄭軒的關係不錯，還送了焦爸和袁之儀一人一張ＶＩＰ卡。

◆◇◆◇◆◇◆◇◆

耽誤了一下，所以焦爸他們三人反而走在鄭歎他爸後面。

鄭軒預訂的包廂是212號，離樓梯口那邊還有些距離，正往樓梯那邊走的時候，樓梯那邊走上來一個人。看到這人，鄭軒皺了皺眉，不過沒說什麼，顯然是認識的，卻沒打招呼。

焦爸眼神在那人身上頓了頓，雖然那人臉上看起來很平靜的樣子，或許是直覺使然，焦爸總覺得這人有點不對勁。

鄭歎看著他爸和小情人的身影消失在樓梯口，接著注意力移到剛上樓的這人身上，他對很多人周身的氣場比較敏感，而這人給鄭歎的感覺不怎麼好，總覺得殺氣騰騰的樣子。

那人並沒有多看鄭軒和焦爸他們一眼，直直往前走。

與那人錯身而過之後，鄭軒還回頭看了一眼，然後準備帶著焦爸和袁之儀下樓離開。

鄭歎待在焦爸背後的背包裡，他一直看著那個人，見到那人走到 215 號包廂門口，正好那間包廂的門也開了，從裡面走出來一個三十歲左右的女人。

原本那女人臉上還帶著笑意，見到門口的人之後笑意立刻淡了下來，皺著眉頭問道：「你怎麼來了？那邊的事情辦好了沒……」

女人的話還沒說完，就被門口的人掐住喉嚨抵在牆上。

「連妳都要背叛我！」

那人幾乎是吼著說出來的，鄭歎感覺那人的情緒有些不對勁，剛才太平靜，現在卻好像所有的怒意都迸發了一般，看得人發怵。

這時 215 包廂裡也有人出來，勸阻著那人，可惜沒效果，反而被那人踹到一旁，就連過來勸解的服務生也被搧倒在地上。

這個時候，周圍的人終於都意識到不對勁了，有上來制止的，也有趕緊躲進包廂避難的。

古琴舍的包廂隔音效果確實很好，以至於走道這裡發生了突發事件，但很多包廂裡的人卻並不知道發生了什麼事情。

幾位青壯年的男士上去要制止那個看似發瘋的人，可沒想到那人會抽出一把折疊刀，二十多公分長的折疊刀，鄭歎可不認為這傢伙平時都是隨身帶著的，估計來的時候就已經有了在這裡做些什麼的想法。

人瘋狂的時候，什麼都幹得出來。

最先上去拉架的兩個人，其中一個被劃傷了手臂，另一個肩膀上被戳了一刀，這還是他們動作快、躲避及時的結果，不然傷勢更重。

剛才聽到那邊爭吵的時候，袁之儀他們就停下來轉身往那邊瞧，袁之儀和焦爸還打算過去幫忙，被鄭軒立刻拉住了。

鄭軒知道那人的底細，那人曾經是個混混，有些能耐，後來因為一些事情發家，生意做得還不錯，可最近被對手坑了，公司破產倒閉，人也變得疑神疑鬼。像焦爸和袁之儀這種沒多少戰鬥力的上去就是找死，而且對方的情緒不對勁，鄭軒猜測對方大概是豁出去了，不會顧及其他，還是別上去的好。

鄭軒拉著袁之儀和焦爸已經走到樓梯邊上，準備下樓，並沒有注意那邊的情形，只憑聲音便知道那邊正在糾纏著，二樓這邊也有古琴舍的幾個保全人員。

鄭軒他們三人是沒看到那邊的情形，鄭歎卻一直注意著，古琴舍的保全雖然算不上是打架的高手，三個人對一個人也只是勉強占據上風。當然，這並不是說這裡的保全有多菜，畢竟他們有所顧忌，也有些束手束腳，對方卻完全是瘋了一般，見誰捅誰。

有個保全找到機會準備將那人手上的刀踢出去，那人反應也快，躲開了點，不過手臂挨了一下，手一麻，刀子飛了出去。

刀從袁之儀和焦爸兩人中間的空隙處飛過去！

鄭歎原本伸脖子往那邊瞧著，那把刀從他旁邊飛過去的時候，幾乎擦著他的耳朵，鄭歎能感覺到耳朵尖上那幾根毛傳來的金屬冷硬的顫慄感。

因為甩過來的這把刀，剛抬腳下樓的三人頓了一下。

袁之儀額頭的冷汗刷的就下來了，看看那把折疊刀在樓梯扶手上留下的痕跡，可想而知，若是被甩過來的這刀砍中會發生什麼事情。

「我艸！」袁之儀罵道。聲音中還帶著點顫抖，不知道是該說倒楣還是該慶幸。

焦爸還準備安慰一下袁之儀，就發現背後一輕，也顧不上跟袁之儀多說了，轉身往回看，就見到自家貓朝著那邊混戰場地直奔而去，速度那叫一個快。

「黑碳！」

鄭歎從甩過來的刀差點切掉他耳朵的事實中回過神之後，本來因為他老爸而憋著的火又噌的一下燒起來了，腦子裡也沒多想些其他的，從背包裡跳了下去，帶著滿肚子火氣衝向那邊，連焦爸的叫喊也顧不上。

在216包廂和朋友一起吃飯的舒董含著一口漱口水，一邊漱口，一邊打開包廂門準備去洗手間，沒想到一開門就看到門口一個身上沾了紅色血跡的人被一隻黑貓飛起一腳踹中後心。

「噗！」

他一激動，那一口正漱動的漱口水就這麼噴了出去。

這要是一般人，大概會尖叫起來關上門避難，或者懷疑自己打開門的方式不對，錯覺了。畢竟在包廂裡他們對外面的事情一無所知，還放著調節氛圍的藍調音樂，滿室和氣，誰會想到一開門就見到這種截然不同的血腥又暴力的畫面？

但是，就像鄭軒說的，舒董這人挺有意思的，有些另類。

因此，在其他包廂的人尖叫一聲關門避難的時候，舒董精神一振，一捋袖子，大聲道：「瑪律斯，上！」

這「上」的不僅是瑪律斯，舒董也打算親自上陣，大有主寵合力幹掉這個人的意思。

可惜，舒董腳還沒完全踏出包廂門，瑪律斯還沒衝出來，那個被鄭歎在身後大力踹了一腳跌到地上的人已經被人制服，原本在一樓的保全也上來了，聽他們的說法，警察大概也快到了。

準備上場的一人一狗壓根沒能使上力。

鄭歎踹了那一腳之後，心裡爽快多了，看到那人被這裡的保全人員制服，知道事情得到了控制，準備回去焦爸那邊。一轉身，鄭歎就對上一張黑黑的狗臉。那一張狗臉都抵得上鄭歎大半個身長了。

鄭歎：「……」

焦爸已經往這邊跑了過來，臉上還有尚未退下去的擔憂，他可沒想到自家貓會有這麼大的膽子衝上去，剛才見到自家貓往那邊衝的時候心都快懸到嗓子眼，現在事情解決，焦爸看著朝自己這邊跑過來的貓，還想著回去之後好好訓一頓。

沒想到，伸手準備迎接自家貓跑過來跳懷裡的焦爸發現，自己錯了，錯得離譜。

鄭歎直接從焦爸身邊跑了過去，而且速度相當快，直奔樓梯口然後下樓往古琴舍的大門外跑，壓根沒理會已經伸開手臂的焦爸。

焦爸：「……」

那邊袁之儀見狀，喊道：「明生，快，你家招財被那隻狗嚇跑了！」

原本因為好奇準備湊上去嗅嗅順便跟鄭歎用狗的方式打個招呼的瑪律斯，沒想到鄭歎直接撒腿跑了，牠歪著頭看向站在旁邊的飼主舒董，似乎很疑惑。

架沒打成，功勞沒撈到，反而被扣了頂「嚇跑貓」的帽子。

不過，舒董也不好反駁，袁之儀說的也是大家都認為的原因，不然那隻貓怎麼會突然轉身就跑了呢？

其實袁之儀他們猜想的都不對，鄭歎之所以立刻轉身就跑，並不是他怕了那隻大狗，他對靠近的動物是善意還是惡意很清楚，那隻叫瑪律斯的大狗眼裡透著善意，想來平日裡也見過不少其他動物，跟貓相處得還不錯。

鄭歎也不是怕焦爸責怪，而是想起了一件事情。

他記得，自己當年來古琴舍這裡跟他爸吵架的時候也碰到過這類事情，不過那次他過來時，古琴舍門口已經有不少警車和救護車了，被抬出去的人身上有很多血跡，一旁的大人、小孩都驚魂未定。如果這次的事情就是當年碰到的那一件，那麼這個時候，生活在這個時間空間點的「鄭歎」，也應該開著車過來了，很可能這時候就在古琴舍門口！

想到這裡，鄭歎哪還有心思去管其他，直接就奔了出去。

第二章

豆腐與瑪律斯

鄭歎來到門口的時候，已經有警車過來，周圍也圍著不少人，鄭歎他爸正朝著一個方向吼著什麼，臉色很不好。

——是了，一定過來了！

鄭歎往那邊跑了過去，但因為周圍圍著的人太多，他只好從旁邊一輛停著的車上跳了過去，然後尋找那個身影以及熟悉的車身。

車是找到了，可惜鄭歎看過去的時候只看到被大力帶攏的車門。

——就是那輛車！

那是鄭歎他爸在鄭歎生日的時候買了送給鄭歎的一輛車，倒不是說他有多喜歡兒子，只是為了堵鄭歎的嘴，讓鄭歎別多管閒事而已。平日裡這輛車有專門的司機開，畢竟這時候的鄭歎還是跟焦遠一樣的未成年人。

見那輛車開走，鄭歎立刻追了上去。他很想喊一聲「你他媽給老子等會兒！」，可惜喊不出來，只能一個勁往那邊追。

焦爸從古琴舍出來，擠出人群往外看的時候，正看到自家貓橫穿古琴舍門口的那條路，路上來往的車輛不少，驚得焦爸臉色都白了，一身的冷汗。看到鄭歎安全的跑過去之後，懸著的心依然沒放下來，並且他很快的發現，他找不到那道黑色的貓影了。

鄭歎撒腿跑著，他看不到那輛車裡駕駛座上的人，本來已經快要追上的時候，已經開過十字路口駛上更寬街道的車加速了，又將兩者之間的距離拉遠。

鄭歎不可能將希望寄託在路上那些不知道會開往哪邊的車上，他只能靠自己，在旁邊人行道區域追跑的時候，回想著當年的自己在古琴舍這邊跟他爸吵架之後去了哪裡，只是一時沒有任何印象，又想了想當年心情不好的時候會去哪個地方。

為了追前面那輛離得越來越遠的車，鄭歎還抄了條近路，他以前也經常開這車來這周圍閒晃，對這邊的地形還比較瞭解，所以，即便是這幾年沒來過，他也能記得些。

從一條小道的路口出來，鄭歎剛好看到駛過去的熟悉的車影，顧不上歇息，繼續追。

鄭歎也不知道自己是個什麼樣的心理，他現在只是想著，如果能親眼見一見就好了。

假？真？

夢？非夢？

如果自己真的回到了過去的時間、變成了這樣一隻黑貓，那麼，存在於過去那個時間空間點的人，是否還和原有的軌跡一樣，過著原有的生活？

前面的車開得很快，鄭歎雖然相比起其他貓來說體質有那麼點特殊，但也不是 super cat，不是神，就算抄了近路，也只是縮小了點距離而已，一走直線，鄭歎就繼續被甩遠。

追了這麼遠，體力已經接近極限了，渾身像被火在燒一般，難受得很。

鄭歎看到前面十字路口那裡已經快要亮紅燈了，算一算，前面那輛車開到那裡的時候應該會碰到紅燈。

努力忽略掉身體的不適感，鄭歎一邊追，緊盯著那個十字路口處，好幾次都差點撞上人。人行道上有幾個路人還對著鄭歎的背影指指點點，不知道在說什麼，鄭歎沒注意聽，反正不是什麼好話。

人行道這邊有人牽著寵物犬，那隻大狗不知道嗅到什麼了，也或許在醞釀尿意，在垃圾桶附近嗅來嗅去，身體正好橫在鄭歎前面。

鄭歎跑過去的時候跳起，直接從那隻大狗背上躍了過去。

那隻大狗本來準備回頭看一看主人，卻發現鄭歎風一般從牠背上跳了過去，一愣，然後扯著牽繩朝鄭歎奔跑的方向吼叫，似乎在發洩自己的不滿情緒。

鄭歎鳥都懶得鳥牠，視線一直盯著前面十字路口那裡的號誌燈，看著倒數計時的秒數，心裡祈禱著快點紅燈，一定要卡住那輛車。

那輛車接連超過了幾輛車，駛向十字路口，大有趕在亮紅燈之前就衝過去的意思，黃燈什麼的壓根就不在乎，那裡號誌燈的秒數顯示的數字正在減小，鄭歎無比希望它快點倒數計時完畢亮紅燈。

大概是鄭歎的祈禱起到了作用，前面那輛熟悉的車在快開到十字路口的時候，紅燈亮了。

鄭歎心裡一喜，可是下一刻，他就看到那輛熟悉的車壓根沒減速，也沒有要停下來的意思，直接衝了過去！要不是這時候這個十字路口的車輛還不是很多，路口兩旁的行人還沒有走幾步的話，或許會釀成一場慘劇。

此刻鄭歎的心情，就好像突然挨了一記悶錘，重重的一記悶錘。

差點忘了當年的自己是個什麼樣的性情……脾氣差、自以為是、傻得很中二，未成年駕車還超速、闖紅燈……現在回想起來，鄭歎都恨不得使勁搧自己幾巴掌！

一口氣洩了後，疲憊感和渾身灼燒般的疼痛席捲而來，鄭歎不得不放慢了速度，變成小跑，然後是慢慢走動，一步一步挪動著步子來到那個十字路口。

變換的紅綠燈，形形色色的人流，馬路上駛過的各種大眾型的、豪華型的轎車，路口周圍林立的高樓大廈，茫茫建築大軍將遠處的風景都擋住。

站在路口，鄭歎看著那輛熟悉的車迅速駛遠，消失不見。

鄭歎覺得，上天就像一個有惡趣味的老不死的，每次在他快接近目標的時候，就伸手指將他彈開，然後繼續在旁邊看熱鬧。

三年前是這樣，這次又是這樣。

讓人抓狂。

鄭歎突然很想像個神經病一樣在這裡扯開嗓門吼一聲……事實上，鄭歎也這麼幹了，他抬起一隻貓爪子朝天上豎了個不標準的中指，然後嚎了一聲。

不知道哪個傻瓜司機幾乎在同一時間長按一下喇叭，喇叭聲慢騰騰隨著因綠燈亮起而開始緩慢行駛的排著長隊的車流駛過，完全壓制了鄭歎的那一嗓子嚎叫。

來往的行人，跑過來趕著過馬路的各色路人來去匆匆，有人踢了鄭歎一腳，鄭歎也沒心思去報復。對方也似乎在趕時間，大概沒注意到鄭歎，就算注意到了，踢就踢了唄，一隻貓而已，何必在意。

這邊的行人太多，鄭歎嚎完之後，也沒有力氣再去嚎第二聲了，走到路邊的一家餐廳前，那裡有一塊空地和陰涼地，鄭歎現在只感覺滿是疲憊，心情也相當沮喪，悶懨懨的走了過去，準備在陰涼處休息一會兒。

「啪啦啪啦！」

水滴散落在鄭歎周圍，頭上和身上都被淋到。

鄭歎面無表情慢慢抬頭看向上方——店鋪二樓那裡有人正在替擱欄杆上的幾盆植物澆水。

「呀，下面還有一隻貓哎，去去！」那人將噴壺立起來，揮揮手讓鄭歎趕緊挪開。

鄭歎心裡罵了一聲：艸這坑爹的運氣！

他起身往旁邊的一棵樹走去，跳上樹下放著的一張木凳，躺上面，看著傾斜九十度的世界，一動不動。他實在懶得動了。

一隻不知道從哪裡飛過來的麻雀落到上方的樹上，鄭歎斜著眼看著牠在樹上跳動了兩下然後又飛走，消失在轉角處。

橫躺在木凳上，鄭歎覺得越來越疲憊，頭有些暈，不知道是不適應以這個角度看世界，還是過度消耗體力的原因，他想多休息一下，睡一覺，煩心事什麼的等醒來後再解決，除此之外，現在他什麼都不想幹。

閉著眼睛，鄭歎聽著周圍的車輛和行人來去的動靜。

就在鄭歎快要睡著的時候，他聽到往這邊靠近的腳步聲，不像是個大人，對方也應該沒有惡意。既然這樣，鄭歎也懶得睜眼看，繼續醞釀睡意。

那個腳步聲就在旁邊停住，帶著一股草莓香甜的氣味，然後鄭歎感覺到來人坐在木凳子上。

一隻帶著草莓香甜氣味的手放在鄭歎頭上，輕輕摸了摸。

鄭歎睜眼看過去。

一個四歲左右的小女孩坐在木凳上，離鄭歎的頭就半掌距離。此時，這個小女孩一手拿著一個草莓霜淇淋甜筒，另一隻手放在鄭歎頭上，嘴巴咬著霜淇淋，眼睛好奇的看著鄭歎。放在鄭歎頭上的那隻小手上黏著一些融化的粉色霜淇淋液體，隨著那隻手的動作，一同抹在鄭歎身上。

鄭歎抖了抖鬍子，深呼吸——算了，看在這孩子眼神單純毫無戲謔並不是故意的分上，不計較了。

就在鄭歎打算不理會這孩子，閉眼繼續睡覺的時候，鼻子被碰了一下。

睜眼，已經半融化的霜淇淋放在鄭歎眼前。

「吃不吃？」那小女孩說道。

用的是熟悉的南城方言，一個土生土長的南城小孩。

親切，卻同時又覺得有點陌生。大概是在楚華市聽習慣了普通話和楚華市方言的緣故，這次來南華市和南城之後，接觸的一些人也多是說著普通話。

見鄭歎盯著霜淇淋，那小女孩又將霜淇淋往鄭歎眼前送了送，那些融化的霜淇淋液體幾乎快碰上鄭歎的鼻子，看得鄭歎往後避了一下。

見到鄭歎避開的動作，小女孩很不解，「這個很好吃的。」

鄭歎看了看小女孩，又看了看那個上半部被咬了好幾個缺口、已經半融化變成黏稠狀的霜淇淋，想了想，將那個甜筒下方的尖角咬了。

剛做出來的時候，甜筒底部是接觸不到霜淇淋的，但這時候霜淇淋已經半融化，融化的液體流到甜筒底部，鄭歎咬的時候也吃到了些。

冰涼，帶著草莓香甜味。

聽說貓是嚐不出甜味的，聽說貓眼裡的色彩並不是那麼豐富，鄭歎不知道自己為什麼能嚐得出來甜味、看得到繽紛的色彩……就當這是老天對他的補償吧，無緣無故變成了一隻貓，總要有點補償。

小女孩哈哈哈笑了幾聲，咬了一口霜淇淋，她吃上邊，然後將霜淇淋遞到鄭歎眼前，鄭歎啃甜筒下邊。

這一人一貓在這裡你一下我一下吃著，鄭歎剛才鬱悶的心情也散了些。

小女孩的嘴巴邊都糊了一圈霜淇淋，鄭歎也好不到哪裡去，有幾次咬的時候，融化的液體滴到他鼻梁上或者嘴巴邊舌頭撩不到的地方，將周圍的毛都黏在一起。

正吃著，那邊小女孩的家長從店鋪裡出來了，招呼她過去，他們要準備離開了。

小女孩從凳子上下來，依依不捨的看了一眼手裡沒吃完的還剩一截的霜淇淋，遞到鄭歎的眼前，「給你吃。」

鄭歎推開她的手，起身跳到樹上。

那邊小女孩的父母又催了，小女孩抬頭看了一眼鄭歎，伸手搖了搖，「拜拜。」

鄭歎也抬手做了個再見的姿勢，只是他在樹上，有葉子擋著，除了樹下的小女孩之外，其他人看不見。

在那個小女孩離開之後，鄭歎撈過來一片葉子，用葉子隨意抹了抹嘴，雖然不能將那些黏身上快乾掉的霜淇淋抹掉，但抹抹總是好點，看起來不那麼狼狽。

吃了些霜淇淋，鄭歎的精神好了點，嗓子也不那麼疼了。看了看不遠處的十字路口，他跳下樹，往回走。

往回走的時候，鄭歎看到一輛輛警車駛過。

因為紅燈，前面有些塞車，所以幾輛車都開得不是很快。

鄭歎沿著人行道往回走，離車道上的警車也不遠。

看到警車之後，鄭歎往那邊瞧了瞧，正好看到離他不遠處的一輛警車後座上坐著一個面熟的人，這人不久前才被他從背後踹了一腳。

這幾輛警車的確是從古琴舍那邊過來的，持刀行凶的人也被銬著帶離，正好被鄭歎碰上。待在車裡面無表情的人，其實心裡還琢磨著在古琴舍的時候背後挨的那一下，那一下直接造成他被擒。他沒看到，只聽人說踹那一下的其實是一隻黑貓，他對人還有防備、有準備，可如果是一隻連走路跑步都幾乎沒有什麼聲音的貓，他就沒辦法了。不過，貓怎麼會有那麼大的力氣？別人不清楚，他作為當事人是最有體會的。

正想著，他側頭看了看窗外，瞳孔一縮。

聽說碰到黑貓代表著楣運。怎麼又碰到了黑貓？！

那人看著車窗外人行道上的那隻黑貓，心裡正罵著天下的黑貓，就見人行道上那隻貓抬起一隻貓爪子，張開，然後將那四個比較明顯的趾頭收起來三個，留下中間一個趾頭。

那是……中指嗎？那人想。

——貓腳掌能彎成中指？

——不對，牠為什麼要對著我這邊豎中指？

那人愣了愣，他想再確定一下，但車已經開走，打算扭頭往後看看卻被旁邊的警察制止了。

鄭歎看了一眼遠去的警車，回頭，伸了個懶腰，然後小跑起來。

◆◇◆◇◆◇◆◇◆

古琴舍周圍的人群已經差不多散去，餐廳只能暫時關門整頓了，店主還有得忙，鄭軒向焦爸和袁之儀打了聲招呼之後就去幫古琴舍的老闆了，這次事情雖然沒有重傷不治的人，但影響也不好，很多地方需要打點。

焦爸和袁之儀待在車內，車就停在古琴舍的停車場，離古琴舍的門也不遠，如果鄭歎回來的話，一眼就能看到。

「快兩個小時了吧？」袁之儀問道。

「嗯，還差十分鐘兩個小時。」焦爸看了一眼手機，說道。

鄭歎跑得沒影，焦爸暫時也沒跟焦媽他們說，怕他們擔心。而且，鄭歎本來就有到處亂跑的前科，焦爸覺得鄭歎肯定是發現什麼了才跑開的，應該不是那隻狗的問題。社區那麼多狗，自家貓跟牠們相處得都還不錯，而且舒董那隻狗的性情也算友善，不至於因為一隻狗而不管不顧的跑掉，自家貓應該還算是理智型的。

不過，當時的場面確實有些亂，焦爸也不確定到底是什麼原因，因此他打算著，如果兩個小時後那隻貓還不回來的話，他就只能讓人幫忙大範圍搜尋了。

在袁之儀他們的車旁邊停著另外一輛車，正是舒董的休旅車，舒董現在有些愧疚，覺得應該是自家狗把人家貓嚇得沒影了，追都追不上。不過，那隻貓有膽子衝過去踹行凶的那人一腳，怎麼看到自己家狗之後就撒腿跑了呢？難道那隻貓怕狗？

不管怎麼樣，舒董覺得自己應該對焦教授丟貓的這件事情負責，他也說過打電話讓朋友幫忙找，可焦教授跟他說先等等，所以他先打電話給助理推掉一些事情，陪那兩人等在這裡。他心裡還想著，貓嚇得沒影了這麼久，真能自己回來？

舒董正想著，就聽到隔壁車裡袁之儀驚喜的叫聲。

「快看，招財回來了！嘿，招財，這邊這邊！」

——喲，還真回來了！

舒董將車窗完全打開，往那邊看過去，副駕駛座的瑪律斯也探頭往那邊瞧。

鄭歎正一步一步往古琴舍走，太累又渴，走的時候還張嘴喘著氣，看到古琴舍時心裡一鬆，終於到了。他已經看到停在那裡的屬於袁之儀的車，袁之儀那傢伙還打開車窗伸手朝這邊招呼，生怕別人不知道似的。

後座的車門已經打開，焦爸坐在那裡。

由於車內光線的原因，鄭歎看不太清楚焦爸的臉色，但是憑他對焦爸的瞭解，焦爸現在的心情絕對稱不上好。而焦爸表現得越平靜，鄭歎心裡越發虛，可是他也無法解釋到底為什麼自己突然撒腳丫子跑了。

「哎呀小心小心，看著車！」袁之儀往那邊叫著。

車內，焦爸看起來倒是鎮定很多。當然，只是看起來而已，兩個小時前，他真的被鄭歎撒腳丫子橫穿馬路嚇得臉色蒼白，現在回想起來還心有餘悸。

鄭歎懶得去理會袁之儀，這裡沒有紅綠燈，看著車沒多少了之後才過去。

「汪汪！」

舒董那輛車上，瑪律斯也看到鄭歎了，應該是為了表示高興和好奇，叫了兩聲，惹得舒董和袁之儀的心又懸了起來，生怕好不容易回來的貓又被嚇跑了，可他們扭頭過去才發現，那隻貓壓根沒受到影響，依然淡定的過馬路。

「咦？」舒董捂著瑪律斯的嘴，看著從馬路對面跑過來並跳進旁邊車裡的黑貓。難道他想錯了？那隻貓其實並不怕瑪律斯？

想著，舒董下車走過去，敲了敲袁之儀的車窗。

車裡，鄭歎看著焦爸那張似乎還平靜的臉，心想：完了完了要發飆了！焦狐狸發飆很恐怖的，會不會被長時間禁足？禁足似乎也算輕的了，就是不知道要禁多久……

鄭歎慶幸焦爸很少動手，所以也不擔心挨揍，挨揍也不會挨得狠……吧？

正想著，鄭歎就聽到舒董跟袁之儀說話的聲音。舒董表示大家難得有緣認識一場，自己的狗也好像犯了點錯誤，舒董為了表示歉意，請袁之儀和焦爸去喝杯下午茶，大家聊一聊。

袁之儀因為鄭歎回來，心裡也沒什麼擔心的了，這人神經強悍，在古琴舍遇到差點被刀戳中的驚魂一幕也拋之腦後了，現在見舒董過來，心裡又開始打主意，畢竟說起來，袁之儀是一個商人。當時鄭軒向他們介紹舒董的時候，袁之儀只是聽了一些，他們跟舒董比起來還差得遠，現在難得這樣的人主動提出邀請，袁之儀當然舉雙手贊成。

憋了一肚子話想跟鄭歎「好好聊聊」的焦爸，現在也只能先將話繼續憋肚子裡，既然人家提出邀請，當然要給點面子，他不是什麼都不懂的人。

不過，所謂一鼓作氣，再而衰，等之後有機會訓話的時候，不知道還有多少威懾力。

——算了，能回來就好。

焦爸嘆了口氣，示意袁之儀可以走了。

見到焦爸暫時沒有要「好好聊聊」的意思，鄭歎心裡一鬆，真是太感謝那位舒董了，出現的正是時候。

◆◇◆◇◆◇◆◇◆

舒董帶他們去的是一間很有格調的餐廳，離市中心有點遠，面積挺大。

袁之儀看著眼前的餐廳，心裡想著這裡面的消費到底要多少錢。他們過來的時候剛好有人從裡面出來離開，袁之儀看得清楚，那是幾個明星，其中一個就算戴著大墨鏡他也能一眼認出來，那可是當年大學時期長居他床頭牆上海報的女人！

倒不是袁之儀大驚小怪，不管是當年還是現在，袁之儀也算是有見識的人，他只是在想著，這裡既然有明星過來吃飯，安保措施絕對做得好，剛才從周邊的門進來的時候就有這種感覺，現在更確定了。

「這地方真能帶貓進去？」焦爸問道。

一般來說，狗比較好照看，套著就行，而貓就不那麼配合了，尤其這裡還有一些明星，很多明星在公眾眼前看起來和貓很親近，私下裡未必，畢竟貓容易動爪，明星們的臉可是很值錢的。剛才有個明星經過他們身旁的時候，見到從車裡探出頭的貓就皺了皺眉，不過很快便掩飾下去，焦爸碰巧捕捉到那個瞬間而已。

袁之儀頓了頓，道：「理論上應該不讓。」

他以前去過一個類似的地方，那裡雖然沒掛牌直接說不准寵物進入，但私下裡去那裡的人都很明白該怎麼做。

「理論上」這個詞用得好，很多時候這個詞直接告訴你，表面上的東西都是屁。一般能帶寵物進去的人都是不怕說的，這叫特權，比如正大大咧咧帶著愛犬從車裡出來的舒董。

「管他呢！有人擔著我們怕啥？」袁之儀想得開。

「這裡的菜未必比古琴舍那邊的差，不過這邊的安保能力強得多，你們不用擔心再碰上那種事。」舒董一邊往裡走，一邊說道。

這裡的服務生對舒董都很熟悉，打了招呼卻沒有帶路。舒董對這裡熟得很，每次都是自己進去，想去哪裡就去哪裡，需要什麼服務的時候才會再打招呼，其他時候服務生們就不用往那邊獻殷勤了。

再往裡走，鄭歎看到了一個院子，假山水池等布局也很有講究，看起來挺舒服的。靠院子這邊的幾個包廂，也只有店主熟悉的幾個朋友才會過來，這邊是不對外開放的。

院子裡有個並沒有養魚的水池，一隻大狗正趴在水池邊沿，頭擱在臺階上打鼾打得呼嚕呼嚕的，聽到這邊的聲音之後立刻睜眼看過來，見到瑪律斯和舒董，牠便從水池子邊跳起身，尾巴甩得歡騰。

那也是一隻大丹犬，和瑪律斯一樣的黑色，差不多大，不過這隻是做過剪耳手術的，那耳朵修得挺好看，看上去很有精神、很威猛，這樣一比，和瑪律斯就很容易區分出來了。

舒董告訴焦爸他們，這隻狗叫「豆腐」，是瑪律斯的兄弟，性子也不錯，只是長了一張凶殘的臉而已。當初取名的時候，這家餐廳的主人正在琢磨一道關於豆腐的料理，舒董催促他替狗取名，那人就直接說了「豆腐」。

鄭歎對那隻大狗報以一個同情的眼神，一隻高大威猛的黑狗叫豆腐，光聽名字不看狗的話，還以為這隻狗軟綿綿好欺負呢。

水池那邊一道水柱噴起，不高，半公尺的樣子。

一見那邊噴水了，兩隻狗兄弟立刻往那邊奔過去，跳進水池子裡。

「不知道是不是夏天出生的狗更喜歡玩水，瑪律斯和豆腐都很喜歡往水裡鑽，尤其是大夏天正熱的時候，別的狗擠冷氣房，牠們就到處找水池。院子裡這個水池也是專門修了給豆腐玩的。」舒董看著那邊笑道。

水池那邊有循環的淨水系統，時常有人打理，所以就算經常有狗在裡面折騰，水池看起來也很乾淨。

舒董選了靠近水池那邊的包廂，從這裡能看到水池那邊的情形。

鄭歎趴窗戶上看著瑪律斯和豆腐跳水池裡咬那道水柱玩，撲騰來撲騰去的，有些意動。

來這裡的路上清理不方便，焦爸只是用紙巾和礦泉水稍微替鄭歎擦了下那幾個很明顯的霜淇淋黏著的毛塊，讓鄭歎看起來不那麼狼狽，不過鄭歎感覺那股草莓味的黏糊勁還在，總覺得黏著癢癢的，看了一會兒之後跳下窗戶往那邊過去，飛身起跳。

「噗咚！」

突然有個外來者，原本玩得起勁的兩隻大狗蹭一下退到水池邊上。看到是鄭歎，瑪律斯又往水柱那邊走過去，被鄭歎一腳蹬開，然後獨自霸占水柱。

為什麼是水柱這裡？因為這裡出來的是水池的淨水系統淨化後的水，乾淨些。

「嘿喲，那貓真好玩！」

正跟袁之儀討論著金融市場流動性危機，看到水池那邊的景象之後，舒董直接將話題歪了一百八十度，這讓談得興起等著舒董後面的話，可是左等右等卻依然不見話題拐回來的袁之儀臉上一抽。

焦爸看著自家貓將那兩隻大狗擠開，然後在水柱那裡伸爪子扒拉頭上的毛淡定的「洗頭髮」後，捂住了臉。

——真是，太不客氣了點。

洗完「頭髮」搓完澡，鄭歎從水池那邊出來，在樹蔭底下待了一會兒之後，等毛乾得差不多了才回到包廂裡。這讓焦爸找了條毛巾也沒有用武之地。

袁之儀抬手關好窗子，室內的空調吹著，不關好都能感覺到從外面吹進來的熱風。剛進來的時候沒關窗，準備關窗的時候鄭歎就已經跳了出去，所以窗子一直都是虛掩著，現在才真正關好。

「你家這貓膽子真大，還好瑪律斯和豆腐訓練過，接觸的小動物也比較多，平時基本上不怎麼咬人，對貓貓狗狗什麼的也算和善。」舒董對焦爸說道。

焦爸不置可否，只是笑笑。

鄭歎心裡則對舒董的話嗤之以鼻，他也是看出瑪律斯和豆腐性子比較溫順、沒有對自己表示出惡意才大著膽子過去的，若非這樣，他傻了才去惹那些性情兇殘未經訓練的大傢伙們，嫌命長了嗎？

旁邊的袁之儀本來好不容易將話題轉回到金融市場的變故上，想多聽聽舒董的看法，現在鄭歎一回來，舒董又將話題歪掉了。不得已，袁之儀咳了一聲，朝焦爸那邊眨眨眼，示意趕緊將話題扭回來，別越扯越遠了，難得有這麼個機會得多學習一下。

三人聊了一會兒金融市場的變故之後，話題扯到不久前在古琴舍那裡發生的事情，也說起了那個行凶的人。

「他現在都一無所有了，自然行事會比較極端。」袁之儀說道。

「一無所有？」舒董笑了笑，語氣中帶著點嘲諷，「他也不算是一無所有，至少他還有病，病得不輕。」

看得出來，舒董對於那人的行事作風並不怎麼看好，很是鄙視。

「大概到了那種境地的人，多半都不會淡定的吧？站得越高，一下子摔下來才摔得越疼。」袁之儀說道。

鄭歎看了舒董一眼，他覺得這個人好像對貓的興趣都比對人的強，估計也是碰到過一些不怎麼好的事情。前陣子鄭歎閒晃時還聽到有人說過「認識的人越多，越覺得寵物更好」之類的話，挖心掏肺對人好，結果被人在背後捅了一刀之類的事情屢見不鮮，所以才讓一些人的想法越來越極端吧。

不過，鄭歎覺得，舒董這人並不像看上去的那麼簡單，就好像方邵康，平時看起來也不怎麼可靠，但人家確實能夠扛起一個大企業做出大成就。那麼容易被看穿的話，就不是在看不見硝煙的戰場廝殺二十餘載的人了。

三人聊著聊著就聊起了楚華市，舒董嘆道：「楚華市是個好地方啊，我一個朋友還打算過去開間餐廳呢。」

焦爸和袁之儀心裡一動，來了！

袁之儀的公司和舒董那邊基本上沒啥業務交集，之前他們就想著舒董邀請他們過來這種地方喝茶聊天，未必全部是因為貓的事情，果然還是有另外的原因。

舒董說的朋友就是這間餐廳的老闆，雖然這裡看起來很高端大氣，但這位老闆卻是實打實的草根出身，沒讀過多少書，當年國中都沒讀完，一個人遊南闖北學習各地的廚藝，琢磨出很多菜式，後來南城開始飛速發展的時候便來到這個城市開店，因緣巧合認識了舒董一些人，在他們的幫忙下才開了這間比較高級的餐廳。

不過，這位老闆開的第一家餐廳一直都沒有關閉，到現在在南城的民眾之間也有了名氣。這些年他盡去琢磨料理了，也沒心思去管餐廳的事情，現在閒了些，資金也不用擔心，所以想著在國內其他地方開始開分店。

正好舒董這次因為自己的狗將對方的貓嚇跑的事情跟焦教授和袁之儀交談的時候，知道了這兩位自楚華市，舒董也趁這個機會打聽打聽。他的大部分事業其實在國外，在國內的也就京城、明珠市還有南城這邊的稍微瞭解一點，其他地方就不怎麼熟悉了。

袁之儀和焦爸跟舒董聊著楚華市現在的一些發展情況，聊的時候發現舒董對楚華市也不算是一無所知，對楚華市幾間有名的企業和本土人物都能說上兩句自己的看法。

正在這時，包廂門打開，走進來一個四十多近五十歲的男人，穿著也沒多大講究，背心加短褲，身上還有一股食物的氣味。看這人跟舒董打招呼時的隨意感，以及豆腐和瑪律斯對這人的親近，鄭歎推測這人應該就是舒董口中所說的這家餐廳的老闆。

這人進來的時候是牽著瑪律斯和豆腐一同進來的，這兩隻狗身上的毛已經乾了，應該是在鄭歎回到包廂不久，兩隻狗就被牽離了水池。

大丹犬因為毛短，相比起那些長毛的犬種，牠們屬於怕冷不怕熱的狗，但是在大夏天這種太陽曬、氣溫又高的時候，大丹犬也會感到燥熱，有些還可能會出現中暑等不舒服的情況，所以夏天很多時候豆腐也待在冷氣房內，只有在牠主人正忙著的時候才抽空跑去水池那邊玩玩。

一進房間，正大張著嘴使勁喘氣的兩隻大狗變得安靜多了，室內的涼爽讓牠們覺得很舒服。豆腐還湊過來鄭歎蹲著的椅子那裡嗅了嗅，見鄭歎沒理牠，又走回剛進來那人的旁邊坐下。至於瑪律斯，早就跑到舒董身邊趴著了。

鄭歎對焦爸和舒董他們的話題一點都沒興趣，他盯著豆腐的耳朵看了看，又瞄了一眼瑪律斯的垂耳朵，再看看已經開始相互介紹聊起來的四個人，最後鄭歎跳下椅子朝豆腐那邊走了過去。反正沒人盯著他，他自己坐這裡也無聊。

玩水玩得有些累的豆腐，趴地板上在室內涼爽的溫度下舔了舔鼻子之後，就閉著眼睛開始打盹了。鄭歎從椅子上跳下來的時候，豆腐的耳朵還動了動，只是沒睜眼，直到鄭歎走到牠眼前，這個大傢伙才慢悠悠睜開一條縫，見到鄭歎，也沒抬頭，只是抬起眼皮看著鄭歎。

鄭歎盯著豆腐的眼睛看了一眼，感覺這傢伙現在的心情應該還不錯，也沒有表現出疏離和警告，所以又往前湊了湊，看向豆腐豎著的耳朵，想著剪耳到底是怎麼剪的，有些好奇。

隨著鄭歎的靠近，豆腐抬起頭，張開嘴巴伸舌頭踹著氣，看向鄭歎，似乎很不明白這隻貓要幹什麼。在鄭歎抬手碰到豆腐的耳朵時，豆腐擺了擺頭，還抬爪子蹭了蹭耳郭那裡，大概是鄭歎剛才的動作讓牠覺得有些癢，但牠也沒生氣，沒發出警告的吼叫。

多好的狗啊！鄭歎心道。

桌子前四個人正聊著餐廳老闆新琢磨出來的一道料理。

這位老闆姓蔡，鄭歎在這人出現之前還想著這位蔡老闆會不會也是那種典型的腦袋大、脖子粗的形象，現在看來並非如此。近五十歲了還挺健康的，沒肥膀子、大肚子，為人很隨和，說別的他插不上嘴不怎麼說話，但一談起料理的時候就整個人都煥發出光彩似的。

舒董開玩笑似的說了些蔡老闆發家前的事情，當年草根一個、出身農戶、還經常挨餓的蔡老闆，走出農村去城市學藝的時候碰到過不少貶低他的人，曾經還有個房東說當時在那裡租廉價房的蔡老闆就是農村裡的蒼蠅，生於茅坑，歿於飯桌。直白點翻譯過來就是：出身不好學歷低，只知道吃，吃死你算了。

三十年河東，三十年河西，莫欺少年窮——這句裝酷的話有不少人說過，但卻只有極少數人能夠實現。所以每次聊起來的時候，舒董等一些蔡老闆的朋友就打趣他說：「到時候你開著幾百萬的豪車再提著幾百萬的現金過去砸死他。」

不讓舒董再提當年的事情，蔡老闆說了說這幾個月琢磨出的新菜式。

袁之儀聽他說的那些料理，不停的嚥口水，他也是個吃貨，聽說南城的「食味」就是蔡老闆開的，對蔡老闆的好感度就直線上升。袁之儀他爹——已過世的袁老教授還在的時候就很喜歡食味的料理，他說那裡的料理不浮躁。袁之儀壓根想不明白一道料理有什麼浮躁、不浮躁之說，他只知道吃，好吃就行，至於品嘗，那是美食專家們的事情。

撇去味道不談，就是有自己父親這一層關係在，袁之儀也打算多幫這位蔡老闆參謀參謀。

別以為開店是件簡單的事情，就像當初焦威他們家在楚華大學那裡開小餐館也那麼多破事，更別提食味這種在袁之儀看來頗具規模、一定會熱門的餐廳了。

常言道，強龍不壓地頭蛇，楚華市的地頭蛇還真不少，想將餐廳坐大還是需要多考慮一些因素的。這也是舒董在知道焦爸和袁之儀的來歷後，請他們過來的原因之一——一個是在楚華大學教學已久的教授，一個是在楚華市開公司的老闆，就算不能從他們嘴裡得到多少有用的資訊，多聽聽也好，畢竟他讓人收集調查的資料也不全面。

袁之儀不覺得蔡老闆在楚華市會碰到多大的困難，一些地方打點一下就夠了，能不能將分店做起來還是看他能不能留住顧客，只要料理的品質維持住就行。

「放心吧，沒問題的，我相信『食味』的能力，等『食味』開業了，我也能經常吃到『食味』的菜了，就算遠也要開車過去。」袁之儀笑著道。

「不遠，焦教授不是在楚華大學嗎？我盤下的店面就在那附近。」蔡老闆說道，「就那個叫什麼的來著……對，恆舞廣場那邊！我當初找了好久，覺得新建起來的恆舞廣場那邊挺不錯的，就盤下來了。」

見焦教授和袁之儀的表情突然變得微妙，舒董問道：「怎麼，有什麼不妥嗎？」

恆舞廣場？那不就是葉昊的地盤嗎？焦爸和袁之儀同時看向鄭歎那邊。

舒董和蔡老闆也順著他們的視線看過去，就見到那隻黑貓正一隻爪子摁著豆腐的頭，另一隻爪子翻著豆腐的耳朵在看著什麼。

有句話怎麼說來著？

人善被人欺，狗善被貓欺。

焦爸再次無奈的捂臉。

舒董一直覺得自己還是比較會看人的，能夠從對方細微的表情變化中推測出對方大致在想什麼。但是，現在他疑惑了。

焦教授和袁之儀剛才在聽到蔡老闆說完那句話，確切點說，是提到「恆舞廣場」的時候，那兩人的面部表情就變得很……難以理解。他實在不知道該怎麼將這兩人的表情變化和恆舞廣場以及那隻貓聯繫到一塊兒。

看看表情繼續微妙著的兩人，再看看那隻黑貓，舒董咳了一聲，「焦教授、袁總，你們對恆舞廣場有什麼看法？可以說一說嘛，給點建議，到時候老蔡過去之後也能避免一些麻煩，聽說那地方還是有些講究的。」

一些普通的小店鋪當然不會有多大事情，但是想做大一點的，牽扯到一些利益，免不了與那裡的某些人交涉。比如，恆舞廣場背後的 BOSS 葉昊。

舒董對國內很多地方的地頭蛇都不太瞭解，與葉昊沒什麼交集，對於葉昊的瞭解僅限於助理交給他的調查資料。除了葉昊之外，還有恆舞廣場附近的另外一些非官方勢力，舒董其實不太贊成蔡老闆選那個地方，但蔡老闆堅持，他也沒辦法了，只能盡力幫一把。

「這個……恆舞廣場啊……」袁之儀欲言又止，張了張嘴，還是看向焦爸，「明生，你來說吧，畢竟你家……那誰熟一些。」

那誰……

鄭歎在聽到他們談論恆舞廣場的時候，就沒再繼續翻看豆腐的豎耳朵了，跳回焦爸旁邊的那張椅子上，聽著他們談話。袁之儀在說話時，那眼神總往鄭歎這邊瞟，鄭歎不知道這傢伙又在想些什麼。

焦爸想了想，道：「恆舞廣場那邊，相信舒董和蔡老闆都做過一些瞭解了，我雖然在楚華大學那邊住著，但並不常過去那邊，對恆舞廣場的事情未必比兩位知道得更多。」

舒董拿起眼前的杯子喝了口茶，看向焦爸，問：「你認識葉昊？」對恆舞廣場不瞭解，不一定對那後面的人也不瞭解。

「認識，但不熟。」焦爸沒有否認。很多事情他不想說，畢竟關係到自家的貓，但舒董這人太精，而且他們跟舒董不過是第一次見面，壓根就不熟，更不可能說太多。

聽到焦爸說跟葉昊認識，這讓舒董有些詫異了，他還真沒想到自己碰巧遇到的兩人竟然還真與那邊有牽扯。他從助理給的資料上知道葉昊這個比他年輕不少的人可不是那麼好對付，手段夠狠的，這也是他擔心蔡老闆過去那邊開店的原因，蔡老闆這人不太圓滑，容易得罪人，在南城這邊有他們幾個人幫襯著，別人會給點面子，但過去楚華市那邊就不好說了，即便是分店。蔡老闆肯定會在那邊多待一段時間，畢竟是第一間分店。這麼多年的朋友，他可不想看到蔡老闆過去沒多久就莫名其妙栽了。

當然，舒董也看出焦教授有些事情不想說，他只要知道焦教授他們和葉昊認識就行了。他的意思是，到時候能不能安排一下跟葉昊見個面，雖然以他自己的身分去也能跟葉昊見面談談，但有認識的人在中間牽線的話就更好了。

對於這個，焦爸倒是沒立刻拒絕，見面的事情他要先問問葉昊。其實很多時候，在葉昊那邊，他的面子還比不上自家的貓，就看自家的貓有沒有想要幫忙的心思了。

鄭歎在這裡坐著連打了幾個哈欠，無聊的聽這四人談話，想睡也睡不著。

大概是看出鄭歎的無聊，焦爸道：「無聊就出去走走。」說完，焦爸又想起鄭歎到處亂跑惹事的前科，加了一句：「就在這院子裡，別跑遠了，不然禁足。」

鄭歎早憋不住了，待這裡聽這幾人聊天還不如去外面找個陰涼的地方睡一覺，這裡太吵。

見鄭歎想出去，離門最近的蔡老闆起身將門打開條縫好讓鄭歎出去，原本打算起身開窗的焦爸見狀又重新坐下了。

不過，那邊鄭歎剛從門縫出去，後面豆腐就跟著擠門縫了。

大夏天的，人家的狗都是往有空調的房間裡擠，這傢伙逮著空就想往外跑奔池子裡撒歡去。

蔡老闆看了看院子裡的陰涼地，下午日照傾斜，水池那邊現在並不在陽光下了，見豆腐又是擠門縫又是嗚嗚哼哼的，便將門拉開點讓牠出去，省得這傢伙在這裡吵。

鄭歎和豆腐都出去了，瑪律斯可憐兮兮的看著舒董，舒董一噎，「算了，讓牠出去玩吧，反正院子裡也沒誰過來。」

兩隻大狗出去之後就直接奔往水池那邊，鄭歎則慢悠悠走到一座假山旁邊，跳上去，這裡有陰涼。

蹲在假山上面，鄭歎打算在這裡好好睡一覺，今天耗費的體力還沒完全補回來。

正當鄭歎瞇著眼睛準備睡一覺的時候，耳朵動了動，他聽到一道熟悉的聲音。

睜開眼，往那邊看過去，支著耳朵仔細聽了聽，忽略掉豆腐和瑪律斯製造的雜音，鄭歎捕捉到了離這裡不遠的一道很熟悉的聲音。說是熟悉，那也是存在於鄭歎印象中的，變成貓的這幾年再沒聽過了，現在一聽，他還是能在第一時間就分辨出來。

睡意全無。

立刻從假山上跳下去，爬上一棵樹，藉著這棵樹，鄭歎從院子周圍的牆壁翻了過去。

包廂裡，焦爸一邊跟舒董和蔡老闆聊著，也時不時注意著院子裡的情形，他坐的角度能夠透過窗子看到院子裡的部分區域，剛才見鄭歎趴在假山上準備打盹的樣子，心裡還鬆了口氣，可是剛回頭聊了兩句又看過去的時候，就見那小混蛋翻牆了！

焦教授額頭青筋一崩。

剛還說了讓牠只在院子裡玩玩，一轉眼就翻牆跑了。果然還是要禁足才行。

「不用擔心，我讓人看著點就行，不會跑出他們的視線範圍。除了客戶的包廂，外面走廊和一些地方都有監視器。」舒董說道。

焦爸很想對舒董說，貓可不比狗，不是你想監視就能監視的，一不留神就會竄沒影了。何況他家那隻貓前科嚴重，只是很多事情說出來估計也沒人會信。

鄭歎又將焦爸的叮囑拋腦後了，他現在正尋著聲音往那邊過去。這裡的建築並不高，基本上都是兩層、三層的，也很好翻。

以鄭歎豐富的翻牆和爬樓的經驗，他很快便看到了那個聲音的主人，畢竟離得不遠。

◆◇◆◇◆◇◆◇◆

在一條長廊盡頭，有個看起來只有三十歲出頭、打扮得很是講究的女人站在那裡拿著電話說著什麼，一臉的不耐煩。

「你自己的兒子你不管還找我？我能說什麼？要錢給錢、要房子給房子，我怎麼甩手不負責了？行了，我現在正忙著呢，今天下午都安排好了，沒時間……」

鄭歎知道她在跟誰打電話，也知道他們正說著的對象是誰。

雖然來南城的時候想過很多可能，但也沒料到會在同一天看到這兩人。三個小時前看過自己的老爸，現在也看到了自己的老媽。一個總帶著不同情人去快活，一個有空就聯繫幾個貴婦交流感情、拓展自己的事業，對鄭歎基本上除了給錢，也沒太多的關懷了，當年鄭歎自己性格變得那麼惡劣，也有他們的責任。

說不出來什麼感受，也談不上失望和傷心，大概是因為早就知道會這樣，所以已經不抱什麼希望。

站在長廊女人說完，立刻斷開電話，臉上還保持著剛才的表情，一看就知道這人心情不好。鄭歎記憶中，好像經常看到她這樣一副不耐煩的表情。

將風吹到額前的一縷頭髮撥到耳後，站在那邊的女人深呼吸，看著周圍的景物想調整一下心情，視線掃了一圈，停留在離她不遠處那個一公尺多高、直徑近兩公尺的圓形花園雕塑水池。

白色的圓形雕塑裡種植著一些睡蓮，現在白色的睡蓮正開著。白色的蓮花，白色的雕塑水池，以及形成明顯對比的，黑色的貓。

女人站在長廊邊，看著蹲坐在水池邊沿的貓。

蹲坐在水池邊沿的黑貓也靜靜看著她。

女人撥頭髮的動作一僵，總感覺對著那雙貓眼，心裡莫名有些發虛。

正在這時，一個包廂的門打開，出來一個三十多歲的女人。

「哎，電話打完了沒？三缺一就等妳了。」

鄭歎他媽臉上的不耐煩立刻撤下去了，笑著回應道：「好了好了，看妳們急的。」說著便往包廂裡面走。進包廂前，她往水池那邊又看了一眼，然後轉回身，走進房間，關上門。

那個包廂的窗子有窗簾擋著，鄭歎看不清楚裡面的情形，不過他知道經常跟自己老媽混一起的人是哪幾位貴婦。

收回視線，鄭歎看了看水池裡的睡蓮，抬手撥了撥離得最近的那朵花。

——嘖，還是莫名的不爽！

蓮葉下面還有幾條小魚在游動，不知道是什麼品種。鄭歎撥完花，又開始對著遊到水面的小魚拍，將牠們重新嚇回水裡去。

因為蔡老闆和舒董的吩咐而在暗地裡盯著鄭歎的兩個人，相互使了一個眼色。

「那隻貓那樣做真的沒問題？」

「應該……沒問題……吧？」

「那可是老闆兒子外出旅遊特地帶回來的，聽說本地沒有呢！那魚不僅好看，還不會像之前養的錦鯉那樣吃葉子。沒了可不好再弄。」

「但是也沒見牠吃魚啊！看那樣子，那隻貓好像只是拍著玩玩似的，老闆不是說只要沒什麼大事就不用管嗎？」

「那等牠真吃了再阻止？」

「嗯。捉賊也要捉贓的嘛，我們現在過去不僅捉不到贓，若將牠嚇跑了怎麼辦？貓一跑起來也不好抓。」

「也對。」

等鄭歎不想再拍魚玩，跳下雕塑水池，翻牆回去。路過那兩個人所站的角落時，鄭歎站在高處看了他們一眼——兩個傻瓜，還捉鱉呢！

見貓離開，站在原地的兩人有些疑惑。

「我怎麼感覺那隻貓剛才像是在鄙視我？」

「……深有同感。」

◆◇◆◇◆◇◆◇◆

鄭歎被禁足了，至少在離開南城和南華市之前是不能自由的到處閒晃了。

這是焦家四人投票一致決定的結果，可謂是相當民主。

當然，對於鄭歎來說，現在的禁足其實對他來說並沒有多大的影響。他對南城和南華市還算熟悉，並不會像那些初來此地的人好奇的到處觀光賞景。這次他見到了爸媽，可惜，最想見的那個人卻總是見不到。

或許，這就是天意，怎麼樣都見不到這個時間空間點的自己。

其實，靜下心來想想，鄭歎也能想到就算見到了現在這個時候的另一個人類自己，也未必會有什麼好的結果。當年的自己對貓可不怎麼友善，畢竟在以前很長一段時間，鄭歎覺得貓都是神經病，也沒哪隻貓會跟鄭歎親近。

——算了，見不到就見不到吧。

故人是一方面，天氣也是一方面，大夏天的鄭歎也怕熱，懶得往外再跑了，多半時候都留在室內。

焦媽帶著焦遠和小柚子到處玩了幾天之後就歇息了，只有焦爸和袁之儀在外跑動得多。

第三章

黑碳、石墨、鑽石

八月中旬的時候，焦家一行回到了楚華市，要辦的事情還有很多，假期雖然沒過完，但他們得提前回來。

焦遠和社區的那幾個小子這次都升上同一所高中，楚華附中離楚華大學有點遠，而且是寄宿制和封閉式管理，焦遠每週週末才回來一次，這意味著鄭歎見到焦遠的時間要少很多了。

今年九月上國中的小柚子也和焦遠他們當年一樣，都在離楚華大學較近的那所國中，而且西教職員社區那邊的幾個小柚子熟悉的孩子也都在一起，這樣焦爸焦媽他們也放心。

焦媽會在國中再教一年，本來早就可以調過去附中那邊了，以焦媽的能力教導高中沒問題，更何況她在過去三年裡也經常去附中那邊代課，剛開始代班高一的，後來是高二，有時候還代替一些因故請假不能去上課的老師，經驗足了。而附中那邊的考察期早就已經過了，只是焦媽因為焦遠的原因一直沒過去。

今年熊雄他媽還親自過來勸說焦媽早點調過去，以後校方政策會有些變化，再加上競爭越來越大，未必能夠這麼容易就調過去。焦媽答應再待在國中這邊教一年，主要是不放心小柚子，等明年就過去楚華大學附屬中學那邊。

焦爸也是個大忙人，手底下學生多，課題多，還要應付那些非研究卻不得不面對的事情。

這樣一來，鄭歎獨自一個的時間又多了許多。白天焦爸焦媽不在家，焦遠一週回來一次，小柚子中午就留在學校，鄭歎早上有時候跟著焦媽和小柚子一起出門，送她們到學校後，溜達一圈再回來；有時候跟著焦爸去教職員餐廳吃早餐，吃完就琢磨著怎麼找樂子打發時間；中午則跟著焦威混了。

想一下這樣的生活，鄭歎覺得實在是閒得蛋疼。真佩服阿黃牠們能夠在社區裡一睡睡一天，或者玩自己的尾巴，把自己當假想敵精神分裂自娛自樂。

舒董和蔡老闆在八月底來過楚華市，跟葉昊見了一面。鄭歎當時就趴在他們旁邊的沙發上睡覺，翻身伸懶腰的時候睡到忘形沒控制好爪子，將葉昊在凱旋辦公室的高檔沙發撓了個洞，葉昊只是默默看了那個洞一眼，就沒說話了。

當時舒董心裡那是相當驚奇，他想不到葉昊這個人對貓竟然這麼寬容，自詡精明的舒董腦子裡不知道想了多少彎彎繞繞分析原因，不說有沒有猜中真實的情況，至少有一點他很確定——那隻黑貓是特別的。

舒董在楚華市留了幾天才離開，他準備在楚華市投資，所以這次過來只是先考察一下，辦完事、考察完便離開了。

而蔡老闆仍舊留在楚華市，他的食味在九月開學的時候開業，畢竟早就開始準備，開業也正好趕上開學。這次跟葉昊見面得到葉昊的保證之後，他也放心很多，將更多的精力放在研究楚華市民的口味，將適合楚華市風格的幾道料理確定出來打特價試探一下反響。

食味的規模在恆舞廣場那一塊不算小了，而且是兩層樓，二樓依然是包廂居多。在食味有另外的門通向二樓，那裡有一道門將二樓的餐廳和蔡老闆的休息室隔開。鄭歎有時候過去就直接翻二樓跑蔡老闆的休息室裡睡覺。

焦爸一點都不擔心鄭歎會餓著，對鄭歎來說，能蹭飯睡覺的地方實在太多了，有時候焦爸還叮囑鄭歎別吃太多，營養過剩也會帶來煩惱。

焦媽感慨，還好是鄭歎這樣的，不然換成其他貓的話，估計就很難養了，畢竟焦家現在每個人在家的時間都不長，他們的作息實在不怎麼適合養寵物。

◆◇◆◇◆◇◆◇◆

這天，西教職員社區那邊有小柚子的同學過生日，請了一些同學過去玩，所以今天小柚子會晚一些回來。焦媽去體育館那邊鍛鍊了，焦爸繼續在生科院裡奮鬥，鄭歎也不會獨自一個在家裡發呆看狗血劇，索性出來散散步閒晃一下。

晚飯吃太多，鄭歎不想跑太遠，就在楚華大學校園裡遛一遛，順便去校區邊沿的樹林那裡開手機玩了一局遊戲。

六八最近估計有什麼事情，沒簡訊電話騷擾鄭歎，鄭歎也樂得清靜。

打了個哈欠，吃飽了就容易犯睏，玩了一局遊戲又懶得動，鄭歎決定在這裡先小睡一會兒，等到時間點了再回去。

沒想到，這一睡睡過了時間點，本來鄭歎打算九點回去的，結果忘了在手機上設置鬧鐘，醒過來的時候看時間已經十點半了。

鄭歎心道不好，估計回去又會被訓，好不容易在焦遠和小柚子開學之後就沒被禁足了，今天又晚點回去，大概會讓焦爸焦媽想多，覺得鄭歎才安分幾天就又晚歸。

趕緊起身打算離開，鄭歎耳朵一動，往外走的腳步停住，小心將頭探出樹洞往外看。

有人往這邊過來。

一般這個時候基本上不會有學生過來這邊的林子裡，畢竟時間太晚，容易出事，林子對他們來說可沒啥安全感。

反正那邊的人已經快過來了，鄭歎決定先看看，這裡可放著手機。雖然覺得不會有人爬樹來掏樹洞，鄭歎還是要以防萬一。

這個時候跑來林子裡，聽腳步聲還有些鬼鬼祟祟，到底為什麼？如果是那些小情侶還情有可原，但那兩個人看上去是男的。

周圍很黑，但鄭歎還是能憑藉一些月光看到走過來這邊的兩個人，一個大概二十歲，挺年輕的，另外一個四十歲左右。

兩人好像很累，喘著氣，卻很小心，不敢太大聲喘，說話也是壓著聲音，鄭歎聽不太清楚，因為他們的聲音壓得低、又說話說得快，還帶著點不屬於楚華市的地方腔，鄭歎也就只能從聽到的話中猜到那麼一、兩個詞。

如果樹林邊沿那條通往側門的路上隱約傳來聲音有學生經過，這兩人還會停下來藏在樹後或者蹲在灌木叢後面，等那些學生們離開之後他們才繼續走動。

這讓鄭歎更好奇了，雖說這兩人的隱藏功夫不怎麼樣，但也太過小心了吧？這兩人到底幹了什麼見不得人的事情？

一看就不是什麼好人。

在那兩人接近鄭歎所待的這棵樹的時候，鄭歎將頭往洞裡縮了縮，他發現那個年長者邊走還會邊抬頭看看上方的樹。

鄭歎所在的這棵樹，當初挑它的原因不僅是看中了它上方的那個樹洞，還有它的隱藏度，非冬季的時候枝條樹葉一遮，更保險。平時也沒誰閒著沒事來這裡爬樹，到現在為止，還沒有人發現過這個樹洞，有幾次也有人在這周圍活動，但並不會往樹上爬。

正想著，就聽那個年長的說了句什麼，鄭歎聽到了「樹上」等詞，具體意思並沒聽懂。下方有人盯著，鄭歎也沒將頭伸出去了，只支著耳朵從聽到的聲音中判斷對方到底在幹什麼。然而下一刻，鄭歎感覺到有人爬上樹了。

鄭歎一驚，還真的爬了？！

難道也是要藏什麼東西？

鄭歎心裡暗罵一聲：艸，藏東西就藏東西，林子裡有那麼多樹，這兩個耗子偏偏找這棵樹幹嘛啊？

本來不打算做什麼的，現在也由不得鄭歎了，他可不想被這兩人發現自己藏東西的樹洞。難得找到這麼一個好地方藏東西，竟然有人想過來搶？

——門都沒有！

鄭歎沒有在察覺到有人爬上樹的時候就立刻反應，反而往樹洞裡縮了縮，盡量避免對方發現自己。

大概是怕被人發現，這兩人也都沒有開手電筒之類的東西，藉著黑夜的遮掩，一個人一點一點的往上爬。

感覺到那人越來越接近，鄭歎屏氣凝息，悄聲彎起手掌將旁邊一根折斷的細樹枝拿起，斷口那裡有些尖。

一雙手出現在樹洞口，看上去應該是那個年輕人。

鄭歎盡量往樹洞裡縮。

「嘿，叔，好像有個洞！」那年輕人用手試探了下洞口邊沿，高興的低頭對樹下警惕著周圍的人說道。有樹洞就更好藏東西了。

這句話鄭歎聽懂了，而樹下那個年長者飛快的說了什麼，鄭歎聽不太懂。

那年輕人低頭說完之後，準備再往上爬點以便仔細看看這個洞口，結果一回頭，還沒等他繼續往上爬，一個黑夜下模糊的影子突然從樹洞裡竄出。

「哈！」鄭歎喝了一聲，同時將爪子上抓著的那根樹枝往那人手上一扎。

那年輕人因為突然竄出來的不明物體以及那一聲突然的怪聲音嚇得腿一軟，手上還一陣刺痛，本來就心虛，現在在雙重襲擊下，直接從樹上掉了下去。

鄭歎所待的樹洞離地面還有些高度，那人摔下去的時候壓在樹下那個年長者的身上，不過樹林裡的草叢比較厚，還有很多葉子，因此那人摔下去只是慘叫一聲，大概有些地方骨折扭傷了，並沒有生命危險。

下方那個年長者起身後罵罵咧咧的，鄭歎聽不懂他在罵什麼，只能透過對方的語氣來推測，反正不是什麼好話。

年長者被壓在地上也不好受，站起來揉了揉肩膀和脖子，見年輕人還在地上呻吟，踢了踢，低聲喝斥了幾句，大概是讓年輕人小聲點，他可不想被人發現。

年輕人聲音果然小了很多，慢慢站起身，揉著後腰和其他幾處，然後摸了摸手，發現手背上刺疼的地方黏糊糊的，顯然是流血了。

對人的視力而言，年輕人很難發現剛才嚇得他從樹上摔下來的其實是一隻貓，頂多覺得眼前有個極模糊的黑影閃過而已，更何況鄭歎喝的那一聲也不像貓。所以，那兩人應該是以為樹上那個樹洞被鳥占了，而手上的傷是被鳥啄的。

年輕人很生氣，這時他腳底下踩到一個硬物，低身撿起來，是個雞蛋大的石頭，於是他拿起石頭朝鄭歎所在的樹洞那裡扔，只是剛才那一摔，胳膊也受了點傷，沒使好力，石頭扔過去只砸到樹幹上。

年長那人見狀又低聲罵了句，一巴掌拍在年輕人腦後，然後小心的看看周圍，問了句什麼。

年輕人抖抖腳，回了句：「不能。」

鄭歎嚇了那一下之後就立刻縮回洞裡了，一直支著耳朵聽下方的動靜，那兩人在樹下低聲談論之後，便沒再繼續待在這棵樹下，往其他地方走去。

等那兩人離開大概個十來公尺的時候，鄭歎悄悄將頭伸出去，看到兩人走到一叢低矮的灌木那裡，那邊很少有人過去，草比較深，氣溫還算暖和的時候總是有不少蚊蟲在那邊。

那兩人湊在低矮的灌木叢那裡低聲說著什麼，同時鄭歎還聽到灌木叢的窸窸窣窣聲。

——難道他摔慘了爬不了樹，所以才另選地方藏東西？

鄭歎見那兩人在那邊忙活了一會兒，起身後仔仔細細看了一下周圍，似乎要將這裡的地形地勢和具體方位記清楚，然後便一步三回頭的離開了，離開的時候還將灌木叢周圍的一些雜草撥弄了一下，讓地面看上去更自然一些。

等那兩人走遠，鄭歎仔細聽了聽周圍，沒聽到有腳步聲，便從樹上滑下來，往灌木叢那邊跑過去。

小心撥開灌木叢前面的一些雜草，鄭歎聞了聞，這裡有一些異常的、不同於這種灌木植物的氣味，循著氣味，鄭歎伸爪撥開灌木叢。

在密集的灌木叢裡，藏著一個並不顯眼的小袋子，像是那些學生們用來裝ＭＰ３的袋子。

對方將袋子的細繩綁在灌木叢的幾根樹枝上，綁得還挺牢，大概是怕袋子掉落而出現其他意外。鄭歎解了大概半小時才將那個袋子解下來，難怪剛才那兩人蹲在灌木叢裡忙活那麼久。

將袋子拿下來之後，鄭歎又在灌木叢這裡撥拉兩下，將擠歪的雜草扶了扶，然後抱著那個袋子跑開。

來到一棵樹下，鄭歎摸了摸袋子，袋子很平常，也不像是什麼多貴的料子。這種質料的小袋子，外面那些學生們擺的地攤上幾塊錢就能買到一堆。

打開袋子，鄭歎往裡瞧了瞧，裡面是一些顆粒狀的硬物，小的就一公釐左右甚至更小，大些的大概有個三公釐。鄭歎又仔細看了看，發現這些東西很像是鑽石。

——鑽石？假的吧？

鄭歎看著袋子裡的那些小顆粒，作為一個連鑽石和水晶都分不清楚的文盲，鄭歎感覺到壓力山大。

但如果是假的，那兩個人為什麼要這麼小心？大半夜作賊似的跑過來藏東西？

可如果是真的，就這些鑽石可值不少錢，那兩人就這樣扔在這裡？

那，將袋子放回去？

想了想那兩人的作風，鄭歎還是決定坑那兩人一把。他是不打算將這袋東西帶回焦家，那樣極可能會給焦家帶來麻煩，所以鄭歎決定將這袋東西換個地方藏。反正現在這麼晚了，也沒人會看見。

——嗯？

——好像忘了什麼……

抬頭看看夜幕，鄭歎暗罵一聲，然後將袋口重新勒緊，打了個簡單的結，然後爬上藏手機的那個樹洞。既然那兩人來這裡藏東西，還發現過這個樹洞，保險起見，鄭歎決定暫時轉移手機。至於藏東西的地方，鄭歎想了想，決定將手機和這袋真假未辨的鑽石藏在另一個地方。

等鄭歎將東西藏好，看了看手機顯示的時間，十一點四十分。

他關機，立刻往東教職員社區狂奔。

還沒進社區，鄭歎就能看到焦家所在的那棟樓，五樓焦家那裡，客廳的燈還亮著。

鄭歎深呼吸，繼續往回跑。一頓訓話是免不了的了。

五樓焦家客廳——

焦爸焦媽坐在客廳，電視機開著，卻壓根沒有聲音，已經調到幾乎靜音的程度。一個面無表情，一個眼裡帶著擔憂，時不時看看牆上的掛鐘。小柚子在房間裡坐在書桌前，眼前攤開一本練習題，卻壓根沒心思寫，發著呆。

焦爸拿著遙控器換臺，換到一個正在播放恐怖電影的頻道，裡面一隻貓正對著一個怪物齜牙，焦爸臉上一抽，不是他想看這部電影，而是這個頻道角落裡顯示了時間。

很好，還差十分就十二點了。

焦家的門口木板門並沒有關上，鐵門只是虛掩著。

這時，樓下傳來一聲「喀」的輕響，焦爸焦媽精神一振，然後看向門口。

過了一會兒，一隻毛爪子將虛掩著的門撥開，露出一個貓頭，小心翼翼看向客廳。

一看到那隻黑色的貓爪子，焦媽一直懸著的心就放下來了。

「好了好了，終於回來了！」焦媽走過來將鄭歎提起，看了看，沒發現身上有什麼傷，便將鄭歎放下來，打了個哈欠，走進臥室準備睡覺。往常這時候他們早就睡了。

焦爸這次連著上次在南城的分，跟鄭歎好好的談了談。

鄭歎就安安分分蹲沙發上，被焦爸指著腦門訓話。

垂著頭，耳朵耷著，鄭歎知道認錯態度得誠懇、得裝可憐，不然會被批得更狠。而且，對於晚歸，鄭歎確實過意不去，這麼晚回來家裡人都等著，明天三人都要早起，上學的上學、工作的工作，不知道會不會精神不濟。

這次晚歸的結果就是，鄭歎擠小柚子被窩擠了幾次都沒擠進去，被小柚子提出來扔進焦遠房間裡了。

同時，焦爸回收了鄭歎的貓牌，沒貓牌鄭歎就不能打開樓下的電子鎖，出進不那麼方便了，這是被禁足的意思——為期三天，至於三天後，看表現決定貓牌是否歸還。因此，這三天內，鄭歎就算能趁著樓內的人進出而跟著鑽出去，但為了早日要回貓牌，還是乖乖待家裡的好。

對於這些，鄭歎一想到大半夜的三人不睡覺等著自己，也就沒啥怨念了。貓牌的話，三天就三天吧，待家裡睡覺發呆也行，看看電視、偷玩一下電腦，或者去翻翻焦遠床底下的紙箱子，找點東西解悶。

◆◇◆◇◆◇◆◇◆

鄭歎在焦遠床上睡了一夜，第二天，鄭歎安分的待在家裡，從焦遠床底下的紙箱裡翻漫畫和小說。那些有美妞的雜誌不知道什麼時候全被焦遠處理掉了，新買的雜誌鄭歎就見過一次，後來怎麼找都沒找到。焦遠這小屁孩一長大，心眼多了，連藏東西的技術也高明了。

翻漫畫的時候，鄭歎想到昨晚撈到的那袋東西，真想看看那兩個人在發現東西不見了之後會是什麼反應。

不過，那些東西到底是真是假？

鄭歎想著，突然想到前段時間聽到焦媽說過關於鑽石什麼的事情，當時他沒注意聽，現在仔細回想一下，那時候焦媽好像是看到哪份報紙上提到了才說起來的。

回想了一下那天的大致日期，應該是《楚大學報》。

不同的期刊，發行的時間不同，就算不怎麼看報紙，鄭歎在焦家待這幾年已經對這個熟悉了。

既然是近期的，要麼在焦遠的書桌上放著，要麼就在焦爸的電腦旁邊。

先跳到焦遠的書桌上翻了一下，只有其他幾份期刊，沒見到《楚大學報》，鄭歎又跑去主臥室那邊，在電腦旁邊的那一疊報紙裡翻到了要找的。

將報紙抽出來，不用找，一展開就能看到那張照片，照片上顯示著三顆鑽石。

那是楚華大學化學院那邊一個專門做材料研究的實驗室做出來的人造金剛石，按上面的說法，它們都達到了寶石級級別。

巨大的商業價值使得寶石級金剛石單晶的合成技術長期以來一直受到嚴密的封鎖，國內也有一些研究所和某些商業機構一直在探索研究，校內那個實驗室掌握了合成優質寶石級金剛石單晶的核心技術後，展示了他們優秀的合成成果——三顆顏色不同的人造寶石級金剛石，大小在六到七公釐不等。

那些大篇幅的學術用語解釋的內容鄭歎沒耐心看，大致掃了一遍，只看懂了這玩意兒都是碳造出來的，石墨和金剛石是兄弟，可惜這身價不知道隔了多少個等級。

好久之前，某次蘇安開玩笑對焦遠說了一句「你家貓叫什麼黑碳，直接叫石墨得了」的話，當時鄭歎沒聽懂，現在一想，突然覺得自己的名字一下子就變廉價了。就是不知道什麼時候能變成「金剛石」。

報紙上那篇報導說現在很多人造鑽石已經到了以假亂真的程度，同時說明了他們那個實驗室有專門的鑑別儀器，弦外之音就是說，他們可以幫忙鑑別，只是報酬另說。

鄭歎不可能直接提著那些疑似鑽石的東西跑過去敲那個實驗室的門。

報導上也提到了一些鑑別方法，鄭歎想著到時候禁足令取消之後過去試驗試驗。

被沒收貓牌的三天內，每天早晚餐不用擔心，中餐則是焦威送過來。每次焦威過來的時候，看鄭歎的眼神都帶著同情，相識這麼久，焦威對鄭歎多少也瞭解了些，知道這隻貓不到處跑就不自在，每天都得在外面晃一圈，甭管遠近。

鄭歎這三天確實表現良好，沒有表現出任何造反的情緒和行為，與隔壁那棟樓一位教師家養的、整天在陽臺上扯著嗓子嚎的貓形成強烈對比。

再次看到隔壁樓那隻貓的時候，那隻貓戴著伊莉莎白圈，沒再嚎了，鄭歎猜測到牠身上大概發生了什麼事情，詳情參照當年的阿黃。

所以，相比來說，不提鄭歎，警長和大胖也能算是社區裡為數不多的沒去勢、且不在家裡亂嚎的貓之二。

果然，還是識趣點好。

鄭歎趴在陽臺上無聊的打了個哈欠，昨晚他在焦爸眼前閒晃了幾圈，以顯示自己的存在感，順便探探口風，看能不能早點拿回自己的貓牌。可惜焦爸只是看了鄭歎一眼，一個字都沒說。

回想了一下這三天的表現，鄭歎不覺得自己有哪裡做得不好。

原以為會被禁足第四天的鄭歎，在回到小柚子房間的時候，發現貓跳臺上掛著貓牌。萎靡的精神立刻就振奮起來了。

昨晚和今早起床的時候都沒發現，看來是焦爸在出門的時候才放在那裡的，居然不聲不響的就放那裡了。

跳上去將分開三天的貓牌重新往脖子上一套，鄭歎開鎖出門。果然，三天沒怎麼動，現在在外面跑跑，心情就是舒暢許多。鄭歎也沒往其他地方走，直接朝老瓦房區過去。

◆◇◆◇◆◇◆◇◆

今年年初老瓦房區又有一批瓦房被打上了「高危」標誌，讓在那邊活動的學生避開這幾棟。其實對鄭歎來說，這幾棟都還算安全，比如有一棟被打上高危標誌已有幾年的瓦房，就成了貓的聚集地。對貓來說，只要不拆掉、沒有人為破壞，夠那些貓在裡面折騰好久了。

鄭歎沒聽說這片要立刻全部打掉的消息，所以至少在今年內，這片地方都能作為他藏東西的好地方。只是要防備那些老鼠和某些好奇心旺盛又手癢的貓。

這個時候，在那幾棟尚夠堅實的瓦房裡面活動的學生並不多，鄭歎來到一棟被刷上了大叉、掛著高危牌子的瓦房前，從一扇破開的窗戶翻進去。

因為許久沒用，裡面有一股陳腐的氣味，角落裡有一些蜘蛛活動的痕跡，屋子裡堆著一堆廢棄木桌，桌面上還有些不知道存在多久的變色了的老鼠屎。

鄭歎走過去，在靠裡面的一張桌子前停下，打開那裡的一個抽屜。這個抽屜算是這幾張桌子的抽屜中保存比較完好的。

抽屜裡放著鄭歎的那個手機，以及那天晚上帶過來的裝著尚未鑑定的鑽石。東西沒少，這裡也沒有其他人或者貓狗進來的氣味。

想著那天在報紙上看到的鑑定方法，鄭歎拿著袋子跳上一張桌面，小心撈了幾顆大點的出來。沒有什麼其他工具，只能用報紙上提到的那幾個簡單的方法初步鑑定一下，重量、硬度、成色、磨工等等方面，鄭歎大致看了一下，都與報紙上提到的真鑽石比較像，但他還是懷疑。

更精確的鑑別，鄭歎現在搞不定。不過，聽說很多達到寶石級級別的人造鑽石，成本未必比真鑽低，而鄭歎從報紙上的某位教授提到的話中推測，大概是有新的降低成本的方法。世界上那麼多研究所和公司在研究，未必沒有創造以假亂真的寶石級人造金剛石的新方法，只是大家都護得死死的，不讓別人知道而已。

將撈出來的幾顆無色鑽石重新放回袋子裡，鄭歎又將袋子和手機都塞回抽屜，關好之後走出了瓦房。想了想，鄭歎決定往社區邊沿的小樹林那邊過去看看情況。

三天過去，不知道那兩個藏東西的人有沒有再回來看過。

這個時段小樹林裡也沒什麼人，不過從新學生宿舍到側門的那條路上倒是不時有人路過，鄭歎在這邊雖然看不到那邊路上的情形，但聽聲音和來往車輛走動的聲響也能判斷出來。

鄭歎沒有直接跑著過去，而是慢悠悠走著，同時也注意著周圍有沒有人靠近，以及仔細辨認一下空氣中有多少陌生的氣息。經常跑來這邊溜達，鄭歎對這邊的氣味已經很熟悉了，所以如果有什麼陌生的氣味，肯定能嗅出來。

在這三天中有人來過樹林，鄭歎嗅出了一些以前沒聞過的氣味，不過不能說這就與那袋東西有關，也可能是過來這邊打野戰的學生。大門警衛的那隻狼犬又來林子裡撒尿拉屎過，還有不知道是哪個喝多了的學生的嘔吐物。

來到灌木叢那裡的時候，陌生的氣味基本上沒有了，鄭歎先觀察了一下周圍的草叢，並沒有明顯的壓痕，相比起那天晚上的情形，好像沒什麼變化。他湊到灌木叢那裡聞了聞，也沒有發現異常的氣味。

這麼說來，那兩個人並沒有回來看過。就這麼放心？還是說……他們已經不能來了？

搖搖頭，鄭歎不去想那些，跑到以前藏手機的樹洞看了看，沒有被鳥霸占，沒有其他痕跡，除了手機不在這裡之外，與往常一樣。

一切都是老樣子。

這讓本來有些期待的鄭歎頗為失望。

往回走的時候，鄭歎本來打算去生科院焦爸辦公室報到，好久沒過去了，再去顯示一下存在感，告訴焦爸自己沒亂跑。只是走著走著，鄭歎就拐彎往化學院那邊跑了。

他看到一個人，那人他在報紙上看過，那篇關於寶石級人造金剛石報導裡的另一張照片就是那個人。雖然覺得自己手上的那袋東西未必與化學院的那個人有關，但是鄭歎現在反正沒其他事情，便過去觀察一下那人有沒有其他情緒。如果是丟了貴重東西的話，怎麼樣掩飾都還是會有點焦慮的吧？

那位五十歲左右的教授此時剛從化學院裡走出來，看上去心情還不錯，笑容也是真心的，不像是丟了貴重東西的樣子。

和那位教授走在一起的有兩人，一個三十歲左右的看上去很斯文有些紳士味道的男人，以及一個二十五、六歲的長相有些混血、戴著眼鏡的美女。不過，那個女的只是靜靜走在他們旁邊，並沒有插話，一直都是那位教授和另一位男士在說著，看那位教授的言行舉止，頗有些客氣的意思。能讓這些有點資本、有點名譽的教授們客氣對待的，肯定不是什麼簡單人物。

直到在岔路口時三人才分開，那位教授開車走了，而那一男一女依然沿著前面的路繼續走，更像是欣賞一下這邊的風景建築。

鄭歎沒再跟著他們了，跑到生科院那邊，在焦爸辦公室晃了一圈又出來。本來準備在那裡睡覺的，但總有人去找焦爸，鄭歎待那裡也不是個事，索性出來再溜兩圈，然後去焦威他家的小餐館蹭飯。

走了一圈後，鄭歎晃進一條小道，那邊車輛無法通行，只有一條穿過樹林和草坪的石子路，而這裡也是焦威現在下課之後經常走的近路。鄭歎看時間差不多了，決定就在這裡等焦威。

那裡有張一公尺長的木椅，鄭歎就跳上去趴那裡睡覺，就算睡著了，焦威經過的話肯定會叫醒他的，不用擔心會錯過。

趴椅子上，鄭歎聞著這個季節的花香，忽略飛來飛去、亂拉亂叫的那些聒噪的鳥，閉上眼準備打盹。剛瞇上沒多久，鄭歎就聽到有人往木椅這邊過來。

他眼睛睜開一條縫往那邊看了看，是剛才見過的那一男一女。那兩人逛校園逛到這裡了，聽他們的對話，是打算在這邊找地方休息一下，只是沒料到鄭歎會躺在這裡。

那一男一女剛才在不遠處發現這邊有木椅，就打算過來坐著歇息一會兒，走近換了個角度才發現椅子上躺著一隻黑貓，橫躺在木椅中間，從尾巴到頭，占據了一張椅子的大部分，空餘的地方顯然是不夠這兩人坐的。

原本這兩人見到椅子被貓占據之後也沒覺得什麼，反正人走過去後那隻貓肯定會跑掉，但出乎他們的意料，一直等到他們走近，那隻貓依舊安安穩穩躺在椅子上，微微抬頭，半睜著眼睛看著他們，一副老子很懶也懶得挪動的樣子。

鄭歎對這兩人落在自己身上的視線置若罔聞，他現在餓了，早上跑了一圈，吃的東西都消化得差不多，壓根不想跑其他地方去，也不想睡在地上。

兩人一貓對視了約莫半分鐘，就在那位混血美女心裡想著要不要動手驅趕的時候，鄭歎打了個哈欠，然後又躺下去打算繼續睡。他沒感覺到這兩人有多少惡意，既然沒威脅，那就厚著臉皮繼續睡。

正打算抬起手的那位混血美女在鄭歎打哈欠的時候，視線落在鄭歎那尖尖的牙齒上，頓了頓，轉為整理自己鼻梁上的眼鏡，然後看向旁邊的人，等著他拿主意。

那個男的看了看鄭歎，掛著貓牌，顯然是有主人的寵物貓。也是，養得這麼好，怎麼可能是流浪貓，而且看這隻貓，主人家的生活條件應該還不錯。見木椅上的貓沒有要讓位的意思，他也沒動手驅趕，將手伸進口袋裡掏了掏，拿出手機，手機上有一條吊飾。

貓嘛，不都對這種線狀的、會晃來晃去的東西感興趣嗎？

鄭歎雖然閉著眼，但耳朵聽著那兩人的動靜，察覺有人靠近，又睜眼，入眼的是一串很漂亮的吊飾，另一頭扣在那人手裡的手機上，垂落下來的是由幾個透明的、黃豆大小的圓球形珠子組成的串飾，每個珠子之間又有一顆……鑽石？

——假的吧？

地攤上也有類似的手機吊飾，也有那種看上去像鑽石的東西。只不過，眼前的這串吊飾上的那幾顆，與鄭歎今天早上拿著觀察過的那幾顆，很像。

那串吊飾晃得鄭歎眼暈，看得不太清楚，所以鄭歎伸手將那串吊飾撈近點仔細看了看，確實很像自己見過的那袋東西，早上鑑定了那麼久，盯了那麼長時間，鄭歎就算辨認不了真假，但那感覺是差不多的。

鄭歎正看著那串吊飾的時候，焦威跑來了，他們今天上午三、四節並沒有課，他只是在圖書館裡待著而已，看時間差不多就打算去餐廳，避開待會兒的午休時間高峰期。

這段時間每次往這條路跑的時候他都會往路的兩旁看一看，尤其是那些高高的適合貓趴著睡的大樹和石子路邊上的那些木椅，鄭歎睡覺很挑地方。果然，不用多費力找，他就看到了躺在椅子上的黑貓。

「黑碳！」

不認識那一男一女，焦威只是叫了鄭歎的名字之後就在旁邊等著，見那一男一女看過來，焦威笑著朝他們點了點頭，也不多說什麼，他平時本就不怎麼多話。

看到焦威，鄭歎雖然對這兩人的身分有些好奇，但吃飯才是此刻的要緊事，再說這兩人也未必真的和那袋東西有關聯，所以鄭歎也沒多費時間，從木椅上跳下來，和焦威一起小跑著往校門的方向過去。

中午在焦威他們家小餐館吃完飯，鄭歎就找地方休息去了。焦爸還打電話來餐館詢問過，知道鄭歎在這邊他就沒說啥了，中午焦爸和幾個老師在教職員餐廳吃飯，沒過來這邊。

第四章

藝術，人情，以及貓

趴在一棵高高的梧桐樹上睡了一覺後，鄭歎打算出去閒晃一圈，這幾天都沒出校門，先去小柚子她們那所國中看了看，然後繼續往前走，直到聽到熟悉的二胡聲，看到那座熟悉的天橋。

——那個老瞎子今天居然在！真難得。

這一年來，坤爺來天橋的次數少了很多，有時候鄭歎往這邊閒晃還碰不到，只有跑到老瞎子住的巷子那邊才會見到。

鄭歎正往那邊走著，發現前面離他不遠的地方有一輛低調的黑色轎車往邊上靠並緩慢停下來，從車上下來兩個人，正是他中午見過的那一男一女。

鄭歎看著他們，那邊從車上下來的兩人也見到鄭歎了。

「又是黑貓？這邊流行養黑貓嗎？」那個女人說道。

「是中午見過的那隻。」那男的有些詫異，隨即笑了笑，並不怎麼放在心上。不同的貓看人的眼神有差別，那隻黑貓看人的眼神就很特別。不過，就算是同一隻貓，在這裡遇到也沒什麼大不了的。

「牠沒有掛貓牌。」那女的說道。

並不是懷疑身旁人的看法，她只是說出自己的疑問。一般來說，寵物貓在外面的時候都是掛著貓牌的，國內這方面雖然沒有多少硬性要求，但既然早上掛著了，為什麼下午又摘掉？當然，這也只是她暫時的疑惑而已，很快就不再注意掛貓牌這個問題了。

那一男一女的視線從鄭歎身上挪開，也不再繼續注意鄭歎，小聲聊著往前走。

鄭歎也只是在看到這兩人的時候詫異了一下，才懶得管其他，只走自己的路，一直往天橋那邊走去。

然後，鄭歎發現，那一男一女和他一樣都走上了天橋的臺階，上去之後兩人就在邊上一塊空地靠著欄杆站著，女人打開遮陽傘，這個季節的陽光並不那麼溫和。而那個男的則看向天橋中間那裡，目光停在那邊正在拉二胡的坤爺身上。

「Thomas，那位老人家就是你要找的人？」女人問。

「嗯。」

女人正準備再問些什麼，突然道：「咦，那隻黑貓過去了！」

兩人都很驚訝，見過膽肥的貓，沒見過膽這麼肥的，天橋上人來人往還能淡定的走在這上面似乎當周圍人都是空氣的貓，他們可沒見過。

在那兩人的目光中，那隻貓走到拉二胡的老頭身邊，旁若無人的站到那個放了錢的盒子旁，嘩啦嘩啦撈硬幣，叮叮接連撈出來兩個，然後站在大傘下陰涼處張嘴打了個哈欠。

兩人：「……」

沉默幾秒後，女人道：「Thomas，那位老人家的脾氣真好。」

男人沒出聲，心裡卻想著：如果脾氣真的好，當年就沒有那麼多暗地裡的腥風血雨了，真刀真槍中拚殺出頭的人，尤其是像那邊那位一類的，脾氣絕對不能用「好」來形容。只是，那隻貓的膽子也太大了點，以前有不少人說過很多動物對那位老人都是避而遠之的。

鄭歎打了個哈欠，他剛又在老頭的箱子裡翻到兩枚遊戲幣。

每年九月份開學季，新來這塊區域上學的學生們，總有那麼一些自以為聰明的人往盒子裡扔一些遊戲幣，殊不知，他們覺得別人是傻子而作弄的時候，別人也覺得他們簡直就是在找死，只是很多人不屑去動手罷了。

不是有句話是這樣講的嗎？

「你在橋上看傻子，看傻子的人在周圍看著你。」

鄭歎打第二個哈欠的時候，坤爺一曲拉完，開始收拾東西了。

這讓鄭歎有些奇怪的想：時間還沒到吧？老頭今天有事要早退？

不光是鄭歎這麼想，天橋上的幾個小攤販也在咕噥：「今天他老人家怎麼這麼早就回去了？難道我們也要提前收攤？」

「收吧，估計是他聽到什麼消息了，保險起見，我們還是跟著撤的好。」

於是，在老頭身後，一些小攤販也開始接連收拾東西。當然，也有一些攤販看生意不錯，依舊待在那裡，這一年來老頭大部分時間都沒過來，他們不也照樣擺攤嗎？

鄭歎見坤爺收完東西離開，便跟在他後面走著。他好久沒過去坤爺那邊了，不知道最近小九在不在那裡。

走幾步，鄭歎發現那一男一女也走在不遠處。回頭看了他們一眼後，鄭歎繼續走。

等離開了天橋一定距離之後，鄭歎看到一個快步從後面超過去的水果攤販，跑得急匆匆的，他回頭往天橋看去，天橋上那幾個留在原地的攤販動作匆忙的收拾著什麼。很顯然，有警察過去了，大夥趕緊收拾東西開溜。

看看步履平緩的老頭，鄭歎撇撇嘴。

走過那條商業街，走進熟悉的巷子，後面那一男一女一直保持著六、七公尺的距離跟著，鄭歎又詫異了：這兩人與瞎老頭認識？

在鄭歎詫異的同時，後面的兩人也在詫異：那隻貓難道跟前面那位認識？！這不是那所大學裡普通人家養的普通貓嗎？

看開門人的反應，不管是見到那一男一女還是鄭歎，都沒有其他多餘的表情。

——果然是認識！

進屋之後，鄭歎熟門熟路來到待客廳，跳上一張椅子坐下，比後面那兩個人要自然多了。

「坤叔，好久不見了。」那男的朝坤爺微微俯身行了一禮。

鄭歎鬍子一抖，「坤叔」？雖然這稱呼是一個字的不同，但相比起葉昊他們所喊的公眾版的稱呼「坤爺」，關係似乎近了很多啊！

「七年了，湯默，你這小子現在跑回來是打算進軍國內市場？」

坤爺的語氣也帶著些許罕見的熟絡，鄭歎不禁又看了看那個叫湯默的傢伙，這人到底是什麼來歷？

湯默微微一笑，「是有這個意思，只是剛一回來就碰到點麻煩，搞不定，就過來找坤叔您求助了。」

沒有拐彎抹角，夠直接，而且還帶著一種小輩對長輩的親暱語氣，一方面說明這人對坤爺的脾氣很瞭解，另一方面也說明這人確實跟坤爺很熟，如果不是這兩人長相實在不像，葉昊他們也說了坤爺沒有親生子女的話，鄭歎還真會往那方面想。如果沒有血緣關係，那就可能是湯默父輩的原因了。

「哦？」坤爺端起茶杯喝了一口，也沒說多餘的字。

湯默接過旁邊的女人遞來的一個盒子，打開放在坤爺眼前的桌子上。

那裡面放著幾顆不同形狀的裸鑽，每顆都在五公釐以上，大的將近有一公分了，鄭歎不懂怎麼去評價一顆鑽石的好壞價值，只是支著耳朵聽他們對話。

坤爺放下杯子，準確的拿到那個盒子，手指在那幾顆鑽石上拂過，拿起一顆摸了摸，笑了。

「做得不錯，比以前的好。你父親泉下有知，一定會很高興。」

鄭歎一愣，這話聽著，那幾顆看起來很引人注目的鑽石難道是假的？

「將石墨和一些材料放進一個特製的箱子裡，將箱子塞進專門的類似於高壓鍋的儀器內，類比地球表面以下鑽石形成的溫度和壓力，石墨發生變化，三天之後，拿出那個箱子，打開就會得到一顆鑽石結晶，相比起自然形成的需要數億、數十億年的鑽石，這種製造速度僅僅只需要幾天而已，比天然的從礦場挖出來的要便宜得多。不過，那是三年前的技術。」

湯默說完，伸手拿起一顆，看著上面反射的光，眼裡洋溢著自信的笑意，「這些是新技術的產物，成本稍微提高了一些，用時也只需要幾天而已，但它們與十多億年前經高溫高壓自然形成的天然鑽石別無二致，而且，還能長大。」

「恭喜。看來珠寶市場又要開始一場戰爭了。」坤爺的語氣並沒有多大的變化，這背後的利益並沒有讓他多激動，「我記得你父親當年提出那個計畫的時候曾說，一旦技術成熟，它給市場的影響將不亞於十九世紀五〇年代鋼鐵時代的到來，和二十世紀四〇年代電晶體的發明。」

鑽石，不只有寶石裝飾品的角色功能，它還能讓電腦以能夠融化目前CPU的速度運轉著，也會滲透進電子、機械甚至熱武器方面並帶來改革。雖然離理想還有很遠，還有很多難題尚未解決，但是湯默覺得，自己已經走了跨越性的一大步。

「在那之前，我想請坤叔幫我找一袋被老鼠偷走的實驗品。」湯默放下那顆鑽石後說道。

鄭歎耳朵噌的就立直了，轉向那邊。

湯默在來這裡之前，有一位助手帶著一些新技術的「實驗品」過來這邊，只是中途出了點事故，導致有一小部分的實驗品失蹤。事故是偶然的，這是湯默查了之後得到的結論，但事故中一些人也抓住了空隙，順手摸走一些實驗品，湯默可不希望這些實驗品給他的計畫帶來不可預料的變故。

那些實驗品相比起湯默剛才拿出來的那盒來說，還有些許不足之處，如果是讓專業人士用專業儀器檢測的話，也是能夠檢測出與天然鑽石的不同之處來。不過，鄭歎按照報紙上寫的那些簡單的檢測鑑別方法，是壓根辨別不出來的。

知道這個，鄭歎倒是心裡平衡不少，不是他能力不行，是這些東西確實真假難辨。當然，如果像湯默所說的那樣，最後的成品與天然礦場出來的鑽石別無二致的話，那也不能算是贗品假貨了，那可是真的鑽石，不過價錢卻只有天然礦產鑽石的三分之一。

不管怎麼說，湯默的意思是，對他來說那些實驗品不值多少錢，那些錢他沒放在心上，他在意的是這後面到底有沒有其他的陰謀會讓他的商業大計產生變故。

「偷東西的人，開鎖的手法可不像是一般小偷。」湯默說道。

正因為這樣，他才會在暫時查找不出目標的時候來坤爺這裡尋求幫助，畢竟手頭有些技術活的人，這邊應該大多都有點瞭解。

坤爺聽完湯默的話之後點了點頭，「兩天。」

意思是兩天內會聯絡湯默。

「好的，那就麻煩坤叔了。」

看樣子湯默還要在這裡陪坤爺吃頓飯，鄭歎見小九沒在，也不想在這裡繼續待了。這兩人後面都沒有再談及鑽石的事情，多半時候都是湯默在說這些年的經歷和事業發展情況，繼續待下去鄭歎也聽不到多少對他有用的東西，索性離開。

◆◇◆◇◆◇◆◇◆

回到楚華大學之後鄭歎也沒亂跑，剛取消禁足令，還是要多多表現一下，於是直接跑去焦爸的辦公室睡覺了，等著下課時間再一起回家吃飯。

次日，鄭歎跑到校區邊沿的小樹林又看了看，與上次不同的是，這次雖然看上去那邊沒什麼變化，草叢也沒人踩踏，但鄭歎在灌木叢那裡聞到了陌生的氣味。

昨晚應該有人來過，至少有兩人，一個是那天鄭歎見過的兩人之一，另一個氣味很陌生，鄭歎應該沒見過。

仔細分辨著草叢間留下的氣味，昨晚過來的人並沒有去鄭歎以前放手機的樹洞那裡看，走都沒走過去，來這裡看過之後又在那片灌木叢周圍轉了一圈，再然後就往外跑了。

鄭歎在小樹林那裡待了一會兒，抬腳往老瓦房區那邊跑去。

現在天氣不錯，陽光也好，鄭歎來到老瓦房區的時候，看到有貓趴在幾棟老瓦房的屋頂上打盹。看到鄭歎之後，這幾隻貓也懶洋洋的，懶得多看鄭歎一眼，瞇著眼睛舔爪子舔毛打盹，各幹各事。

鄭歎在那幾隻貓看不見的角度翻進藏東西的瓦房內，他可不想讓那幾隻貓見到自己翻窗，貓的好奇心太強，鄭歎不敢保證那幾隻貓會不會突然興起照著他的樣子往屋裡翻進去搗亂。

屋內還是和昨天來的時候一樣，鄭歎打開抽屜看了看那袋東西，這多半就是湯默要找的那些丟失的鑽石。

鬧著沒事帶那麼多鑽石過來幹什麼？就算這些鑽石身上還有點瑕疵，但對普通人來說也足夠有吸引力了。

鄭歎不打算現在就將這些東西拿出去交給湯默或者瞎老頭，他不確定真那樣做的話，會不會讓自己栽進去，所以還是先什麼都不做算了。

藏好東西，鄭歎從瓦房裡出來，他想著，偷鑽石的人可能就是那天晚上見到的那兩人，只不過，那兩人對待這些鑽石的方式好像不是特別在意的樣子，難道他們偷的時候就覺得那些鑽石是假的了？

搖搖頭，鄭歎不再去想那些。讓湯默和那些人急去，他自己還是要幹嘛就幹嘛。

從屋子裡走出來，鄭歎翻上瓦房的屋頂，從一個屋頂跳上另一個屋頂，舒展一下身體，暢快的奔跑跳躍活動一下。有一隻貓還以為鄭歎在跟牠們玩耍，本來舔著毛，見到鄭歎跑酷之後也跟著跑過來。

「喀嚓！」

拍照聲響起。

鄭歎跳上一個兩層樓的瓦房屋頂，這裡的兩層樓只比那些新樓的三層矮一點點，鄭歎剛才並沒有注意到這邊有人，跑的時候也沒在意，現在聽到相機拍照的聲音才發現這邊站著個人。

那人看上去像是校園裡的研究生，拿著單眼相機，對著老瓦房這邊的貓拍，鄭歎停下來看過去的時候，那人正好拿著相機對著鄭歎拍了幾張。

除了鄭歎，那人的拍攝對象還有其他貓以及周圍的一些景物，拍了之後便坐在老瓦房區一座花壇的邊沿上，從身後的背包裡拿出一個看上去很輕薄的筆記型電腦。這年頭用這種輕薄筆電的人還真不常見，而且那臺筆電沒有牌子，鄭歎也看不出是哪個牌子的筆記型電腦。

一般這個時候老瓦房區都沒什麼人，很安靜，沒人過來打擾。

鄭歎一巴掌拍開上來鬧著要玩耍的貓，跳到那人身後的一棟瓦房屋頂上。

那人在查看拍攝完的一組照片，很多照片鄭歎看著都覺得很眼熟，有些要想一會兒才能對上號，他總覺得照片比實物好看一點、有意境一點。

筆記型電腦螢幕因為反射光線和角度的原因，站上面看不太清楚，於是鄭歎從屋頂上下去，跳到花壇，在離那人大概一公尺的地方看著螢幕上的圖，其中便有剛才拍攝的老瓦房區的一些照片，多半拍攝的都是貓。

那人若有所感，側頭看向斜後方，發現鄭歎之後詫異了下，見眼前的貓並沒有害怕的樣子，反而還盯著他的電腦螢幕。他手指從筆記型電腦上挪開，拿起相機。

鄭歎意識到對方的想法，抬手打算遮一遮。只是，人手能夠遮擋住大半部分的臉，貓爪卻不能遮住貓臉。

「喀嚓！」

拍照聲響起。

鄭歎不想留在這裡被人一直拍，扭頭跳下花壇，跑了。

又是一個神經病的藝術家。鄭歎想。

那人大概是學校藝術系的人或者喜愛拍攝的人，今天早上他往國際學術會議廳那邊走的時候，看到外面電子看板上顯示了一個關於攝影藝術的會議標題，這人就算不是學校藝術系的學生，也可能是過來參加會議的。

鄭歎並沒將剛才遇到的人放心上，拍照就拍照唄，反正平日裡校內也有很多人用手機拍攝學校的貓。再說了，貓也沒有所謂的肖像權，國內現行法律僅規定公民享有肖像權，並不保護寵物貓、寵物狗等動物的肖像權。

◆◇◆◇◆◇◆◇◆

在鄭歎一邊琢磨著貓的肖像權、一邊回家的時候，離楚華大學大概十分鐘車程的一家餐廳內，湯默看著新到手的調查資料，這是坤叔剛才派人送給他的，偷東西的人已經找到了，但是那些實驗品卻真的丟了。

偷東西的那人是個慣犯了，去年附近清掃行動的時候被抓進去，前不久才從號子裡出來，恰好碰到一場事故，然後摸走了一些鑽石。不過，當他撬開那個裝著實驗品的盒子時，發現裡面的鑽石太多，第一感覺就是假貨，哪可能有這麼多真的鑽石！但對他們這種人來說，假貨他們也能賣出真貨的錢。

當時附近有人趕到事故現場，那人沒時間去仔細檢驗，也怕被人發現，裝實驗品的大箱子更提不走，東西又不是真貨，可是就這麼放棄也可惜，便隨手抓了一把開溜了。

那人的習慣問題，他會先將偷的東西藏在一個地方，等風聲過去了，再回去找，免得被人發現。坤爺的人找過去的時候，那人正在和他姪子清點最近的收穫，坤爺派人跟那個偷實驗品的傢伙過去拿東西卻發現，東西已經沒了。

對於這個結果，湯默傾向於相信。不過，知道這背後並沒有其他陰謀，他也放心很多。實在找不到就不用再去找了，他現在還是以目前的事情為主。

將手上的資料夾遞給旁邊的女人，湯默扭頭看向門口處。

「不好意思來遲了，參加了一場會議，又被人拉著說了一會兒話才過來。」

一個揹著背包的年輕人走過來，在湯默對面的椅子上坐下。

這人正是鄭歎見過的那個拍照的傢伙。

「Thomas，你和 Kelly 什麼時候回國的？」

「剛回國沒兩天。」湯默回答道。

三人聊著，吃了東西之後，湯默看向對面人，「楊逸，你今天又拍什麼了？」看對方的樣子，應該是拍了不少滿意的照片。

楊逸拿出筆記型電腦，調出一組照片，「在楚華大學校園裡拍到一些貓，挺像以前見過的照片場景，就順手拍下來了。」

「是嗎？我看看。」

楊逸將手上的筆電遞過去，湯默翻了翻那組照片，這裡面有今天拍攝的，也有一些複製進來的老照片。資料夾裡還有幾張是掃描的一些老照片圖檔，看起來像上個世紀八、九〇年代的拍攝作品，幾隻貓活動在磚瓦房上面，神態悠閒。今天拍攝的也是那種紅磚瓦房，幾隻貓趴在屋頂上瞇著眼睛舔毛或者安逸的打盹。

翻著翻著，湯默手指一頓，螢幕上顯示的一張照片中，黑色的貓站在高處，微微側頭，俯視著鏡頭這邊，有種睥睨之態，並沒有因為突然闖入的鏡頭而驚慌。不是湯默多想，他覺得如果是自己處在鏡頭的位置，那隻貓也會以一種「你算個屁」的眼神瞥自己。

翻下一張，湯默看著照片上伸著爪子似乎要遮擋臉部卻連四分之一都沒遮住的貓，以及抬起的貓爪後那雙帶著明顯不耐煩和不爽快情緒的貓眼，呵呵一笑。

「楊逸，沒想到你會碰到這傢伙。」

「你認識這隻貓？」楊逸看向湯默，他雖然也覺得那隻貓有點不同，但並沒有想太多，沒想到湯默竟然會認識牠。

「嗯，挺有意思的一隻貓。」湯默也沒說在坤叔那邊見到的，只說了說自己當初遇到這隻黑貓的情形。

「你這麼一說，我倒想再去瞧瞧那隻貓了。趁這兩天多拍點照片。」楊逸說道。

「只能待兩天了？」

「沒辦法，那邊還有事情，這次本就是應一個老藝術家的邀請來的。再說，留在這邊，麻煩事也不少。」

湯默了然，所謂的受邀過來，說明楊逸只是看在邀請他的那位老藝術家的面子才過來參加會議的，並不全是為了那場會議；而在這期間，抱著另一些想法過去參加會議的人也會想方設法借著這個機會在楊逸眼前露臉，如果楊逸能看上眼，那些人一夜之間就能身價倍增。

別看楊逸這人看起來像個大學生，尤其是以這種不顯眼的裝束在大學校園裡走的時候，很難看出這人的底細來。

其實楊逸比湯默小幾歲而已，也快三十了。楊逸有間娛樂經紀公司，「逸興文化」這間公司的名字在圈內有些名氣，圈外的人就未必能知道了，公司才成立不到三年，不過發展很可觀，重要的是有後臺。

每個圈子都有它的規則，想走捷徑的人很多，將主意打到楊逸身上的也不少。

楊逸是湯默在國外認識的，兩人在國外的時候一直有合作，現在湯默想進軍國內市場，而楊逸他們公司最近打算拍部電影捧一些新人，電影裡有很多鏡頭需要大量的珠寶鑽石，楊逸對道具很看重，大概是對攝影的喜愛，不允許鏡頭下出現瑕疵，所以很多假的珠寶道具被排除掉了，也正因為這樣，楊逸和湯默才打算再來一次合作。

於是，湯默的那些人造鑽石這次正好能派上用場。鏡頭下的那些新技術合成的人造鑽石，和天然鑽石幾乎一模一樣，難以辨別。湯默也趁著這次機會替自己打個廣告。

楊逸看過湯默給的樣品鑽石之後，很滿意的說：「我到時候如果沒時間的話，會讓人過來跟你商談。」

電影場景之中，有幾幕會在楚華市這邊拍攝，湯默也打算在這邊多留一段時間，等得起。帶著大量的鑽石，就算不是天然鑽石，也得多多防範，在之後的幾天還會有一批珠寶運送過來，湯默在這段時間會一直留在坤爺的地盤，這樣比較有保障。

跟湯默談完事情之後，楊逸揹著背包走出餐廳，攔車回飯店休息。

◆◇◆◇◆◇◆◇◆

次日，楊逸原本計畫去看看片場那邊的準備情況，不過昨晚他看了半晚的照片，還是決定今天去楚華大學走一趟，難得來一次，碰到點有感觸的關於貓的畫面，他決定再過去看看。

楊逸自己其實對貓並沒有特別的喜愛，喜歡貓的是他外祖父，他看到楚華大學的那些老瓦房和那裡的貓的時候，想起了小時候在外公家的事情。

楊逸外公家的家庭條件還不錯，老人家喜歡養貓，也喜歡拿著相機拍貓。那時候的相機拍照也不像現在這麼方便，所以得節省點膠卷底片，技術要求高，也正因為這樣，老人家拍貓很有經驗。每次楊逸過去的時候，老人家就會將他的拍攝成果拿出來給楊逸看，也炫耀一下自己的拍攝

回到過去
BACK TO THE PAST
TO BECOME A CAT NO.9
變成貓
陳詞懶調×PieroRabu

技術。

楊逸記得外公說過，貓是一種很特別的動物，有個性，也有心計，牠們不像狗那樣容易馴服，拍攝時也不配合，性格不羈，我行我素，所以技術難度稍高，什麼時候適合拍什麼樣的照片也多有講究，所以多半時候都是老人家去遷就貓的作息時間。

當然，其實不同的貓，作息時間與貓主人也有很大的關係，當年外公和他家養的貓其實是相互影響的。

老人家非常贊同靜安先生（注：王國維）「一切景語皆情語」的說法，借景抒情，以景寓情。而攝影師的使命就是記錄影像，每一張照片裡都包含著攝影師的情感。

翻看小時候的老照片，發現拍照的人不在了，照片中的那些貓也早已不在了。雖然沒有涉足這個隨著經濟和社會發展日益豐滿的養寵圈子，但楊逸對貓的拍攝卻一直在進行，具有一種生活中的偶然性和隨機性，碰到了，便拍。

所以，難得有了點感觸，他想多拍點，以後未必會有時間過來，就算過來這裡，誰知道再來這地方還會不會是原樣？現在很多大學都在進行改建，老樓推倒、建蓋新樓，到時候那些貓是否依然在呢？

楊逸起得比較早，過來楚華大學這邊的時候能看到很多老人們在外面走動。今天是週六，大部分學生也沒課，所以路上看到的學生比平時要少一些。

這次楊逸從另外一個門進去的，與昨天過來開會走的並不是同一條路線，這邊靠近一些教職員的住處，安靜很多，而且見到的多是一些老人。很多老人都是早睡早起型，不會像年輕人那樣熬夜，也熬不了。

拍了幾張照片，楊逸看到一個老頭提著一袋在餐廳買的饅頭、牽著一條牛頭梗在散步，估計走累了，坐在靠草坪那邊的木椅上休息，那隻牛頭梗就蹲在旁邊，瞧著周圍的時候那雙小三角眼裡都泛著警戒的凶光，但對著旁邊的老人時，那隻牛頭梗的眼神卻溫和很多。

楊逸抬手拍了幾張照片，聽到那位老人喊「小花兒」，看過去，發現另一個老頭牽著一隻體型很大的聖伯納犬，老人剛才喊的「小花兒」應該就是這隻聖伯納。

見到楊逸在拍照，那兩位老人向楊逸打招呼，聽楊逸說是個攝影師，兩人趕緊又叫著多拍了幾張。

「這兩隻相處得不錯啊。」楊逸看著兩隻體型和性格都有差距的狗說道。他有個朋友養了一隻牛頭梗，那傢伙好鬥，弄得周圍的狗狗貓貓見到牠就跑，所以他看到這兩隻還覺得挺新奇。

「當然吶，這兩隻一起長大的嘛！我跟你說，當年啊……」

如果是熟悉這一帶老師的人，在聽到「我跟你說」的時候就知道後面會有一段很長的故事總結感想或者教育性的話語。不過楊逸不在意，站旁邊聽著兩個老頭說當年社區裡發生的事以及牛壯壯的英雄事蹟。

正說著，老頭發現兩隻狗都看向同一個方向，甩著尾巴。

「喲，黑碳，這是幹嘛去了？」一個老頭喊道。

楊逸看過去，路那頭，一隻穿著小背心的黑貓慢悠悠地晃過來，看上去懶洋洋的，一邊走還一邊打著哈欠，聽到老頭的喊聲往這邊慢吞吞瞥了一眼，繼續按照剛才的速度閒晃。

今天早上焦爸去生科院後打了通電話回家裡，他有一個隨身碟沒帶到，在實驗室也走不開，所以焦媽就直接讓鄭歎過去送一趟。以前也發生過類似的事情，焦媽讓鄭歎套件小背心，把隨身碟放在背心上的口袋裡、拉好拉鍊，然後將東西送到生科院那邊。

跑著過去，走著回來，鄭歎昨晚沒睡好，盡去想那些鑽石了。今天還有工作，鄭歎打算在那之前先打個盹，可惜周圍的長椅都被出來散步買菜的老先生、老太太們占了，現在又不想趴樹上去，穿著背心睡樹枝不怎麼舒服，看了一圈，鄭歎直接過去將花囤囤當毛毯了，軟軟的、熱乎乎的毛毯。

看著若無其事在這麼大隻聖伯納背上睡覺的貓，楊逸挑了挑眉。看看旁邊的牛頭梗，再看老老實實趴著的聖伯納，楊逸好奇的問兩位老人：「這貓不怕狗嗎？」

「怕？嘁，牠不欺負這兩隻就不錯了，這兩隻從小被牠欺負大。」一位老人說道。

「哎呀，黑碳這身小背心不錯啊！」另一位老人摸了摸鄭歎的那身背心，「這麼睏，昨晚抓小偷去了嗎？」

三人在這裡談著，等兩位老人離開的時候，鄭歎也起身，不過他在小道岔路口那裡停住了，就等在旁邊，待會兒有人過來接他去寵物中心。今天穿背心一個是送東西給焦爸，另一個就是為了寵物中心那邊，今天要是加班的話，正好還能裝加班費。

楊逸並沒有離開，而是跟著鄭歎過來，見鄭歎等在那裡，他也在不遠處看著，他還好奇那隻貓為什麼呆呆的蹲那裡呢。

等了大概十分鐘，鄭歎終於見到要等的人了。

查理正開著他的「保姆車」——改裝過的專門接送鄭歎的兩輪小電動，過來接鄭歎去寵物中心那邊拍攝新一期的宣傳影片。聽說最近政府頒布執行一個環保相關的政策，各機關部門在學習貫徹最新的環保精神，連一些民間團體也開始跟風，小郭就是要藉著這個話題來拍部宣揚綠色環保的廣告影片。

電動車在鄭歎眼前停住，查理看了看手錶時間，他今天真的沒晚到，是這隻貓來早了。這樣一想，查理的擔心就少了很多。

這兩年下來，查理不僅對鄭歎的脾氣有了些瞭解，對鄭歎的喜好也知道一些，比如他知道這隻論品種在某些屠宰交易場只值幾十塊錢、卻在這個團隊裡舉足輕重的貓，牠不喜歡與寵物相關的東西，包括玩具、食物、絕大部分寵物衣服等等，反而對人類的東西更感興趣，比如電腦、電視、遊戲機。有次查理還看到郭老闆幫那隻貓戴耳機，讓牠聽ＭＰ３。

見多了，他也就不再覺得稀奇，片場保姆倒是當得盡職盡責，對得起郭老闆付給他的薪資。

雖然車和衣服上並沒有寵物中心的標誌，但查理的車籃裡放著的水壺有一塊印著「明明如此寵物中心」字樣的貼紙。

寵物中心？不是說這貓是一個教授養的嗎？楊逸想。

「請問，這隻貓是你養的嗎？」楊逸走過去問道。

查理頓時警惕的看向走過來的陌生人，再看到對方手裡的相機，心裡就更警惕：難道要挖牆腳？！同行是冤家，這貓要是被挖走了，郭BOSS絕對會跟我拚命！

楊逸一開始沒弄明白對方為什麼會有這樣突然冷淡下來的明顯疏離的反應，過了一會兒想到什麼，掏出一張名片遞過去，簡單的自我介紹道：「我是『逸興文化』的，過來這邊參加關於攝影藝術的會議。」

查理依然警惕著，他不知道逸興文化是什麼，但涉及到攝影方面的人物，那也算跟他們有交集，所以在沒完全弄明白之前，查理還是將楊逸看作是競爭對手。

楊逸給出的那張名片是一張比較普通的名片，上面並沒有寫楊逸在公司的具體職位，電話號碼是楊逸在楚華市買的一個備用手機的號碼。

查理看了一眼那張名片之後就沒在意了，出於禮貌，他沒有立刻將那張名片扔垃圾桶去，而是放進衣袋裡，他現在就想快點帶著貓離開。

見對方一點都沒有要繼續說話的意思，楊逸也就不搭話了。等對方騎著小電動載著貓離開之後，楊逸想了想剛才的一幕，對方在知道自己是攝影師的時候明顯的戒備眼神，讓楊毅推測出了可能的答案。

他給出那張名片其實只是出於好奇心而已，而且他投資拍攝的那部電影也涉及到一些貓的鏡頭，只是裡面的貓需要名貴品種，像剛才那隻黑色的家貓並不在楊逸的考慮範圍。

原本的計畫就是去找一些訓練過的、有點靈性的貓，他剛才見到那個袋子上印著的「明明如此寵物中心」字樣之後想到，如果可以的話，與這樣的寵物中心合作似乎不錯——這也只是他一時興起的想法。

讓人查了一下寵物中心之後，楊逸回到飯店，將以前小郭他們拍的那些廣告和影片看了大部分，一晚上都沒睡，就想著影片的事情。他突然有個想法，不過，這樣的想法要先會會那間寵物中心的負責人。

◆◇◆◇◆◇◆◇◆

楊逸並沒有久等，第二天他就接到了小郭的電話。

原來，查理帶鄭歎過去寵物中心那邊之後，由於室內的溫度稍高一些，也有些悶，查理便將外套扔在旁邊專門放衣服的地方，外套口袋裡的名片就是那時候滑出來的。當時沒誰在意，小郭過去放衣服的時候發現了，拿起來看了看，一見到上面的「逸興文化」這個詞，頓時激動了。

小郭自己因為廣告和影片這方面撈了很多錢，還曾將一隻貓租給一個小劇組拍過電視劇，對那個職業化、商業化的圈子自然有瞭解，逸興文化就是其中之一。不知道這上面的「楊逸」是誰？在逸興文化擔任什麼職位？但既然涉及到這家公司，就意味著有潛在的商機。

也顧不上其他了，小郭立刻將查理叫過來問了問當時的事情。

查理也沒隱瞞著，都說了，反正當時就幾分鐘的事而已。結果，一看到郭 BOSS 變幻莫測的神情，查理心裡直打鼓。

「老闆，逸興文化很有名嗎？難道……他們也是拍廣告的？相比我們這個工作室怎樣？」查理問道。

在他心中，他們這個工作室是圈子裡最好的了——當然，僅限於拍攝貓廣告的圈子。

小郭用手上的雜誌敲了敲查理的頭，「你知道啥！我們這個工作室跟人家相比，那就是紅燒牛肉泡麵跟紅燒牛肉的差別！」

查理：「……」這不就是說魯蛇跟高富帥的差別嗎？

看了看旁邊桌子上放著的一袋壓根沒多少牛肉的紅燒牛肉泡麵，查理不吱聲了。

小郭琢磨了一晚上之後，早上起來就打了通電話。

接到小郭的電話，楊逸聽對方自我介紹後也有了譜，他調查那間寵物中心的時候就將裡面的幾個重點人物都查過了，知道小郭在團隊中扮演著什麼角色。

兩人約了個時間，楊逸來到寵物中心，在小郭的帶領下走一圈，也問了鄭歎的事情。

只是小郭其他的都能說，但涉及到鄭歎的，卻不想說太多，還是在楊逸表明身分之後說了其中的隱情。

鄭歎因為一直比較低調，雖然貓圈裡知道「blackC」的人很多，但並不能對上號，況且也在小郭的刻意隱瞞下挖掘不到鄭歎的真實資訊。既然這次被逸興文化的大老闆碰上，對方也有合作的意思，小郭也就透露了些。

楊逸沒有立刻決定合作事宜，他想進一步瞭解拍攝中的情況。為此，小郭邀請楊逸在下次拍攝的時候旁觀。

楊逸心裡早就癢癢了，特別想看看到底是怎麼拍的，以及那些貓的表現。那些影片裡面很多貓的表現在他看來堪稱完美，尤其是那隻黑貓。而且，雖然他平時也會拍攝一些動物照片，但與專業的寵物拍攝團隊肯定是有差距的，就像當年他外公一樣，拍人拍景不在行，拍貓卻能甩人家一條街。

於是，楊逸離開楚華市一段時間之後，在寵物中心進行新一輪拍攝工作的時候又飛了過來。

◆◇◆◇◆◇◆◇◆

鄭歎在拍攝場地看到楊逸的時候吃了一驚，他對這個人有印象，只是不知道為什麼小郭允許他旁觀。一般來說，小郭不允許其他人進入拍攝場地，除非是他真正信任的人。而這位……

看看小郭的表現，鄭歎覺得小郭對待楊逸的時候有些小心翼翼的，看來楊逸的來頭也不小。

不管對方是什麼來頭，鄭歎沒興趣，他的責任就是將今天的工作做好。

一開始拍攝，小郭之前的小心翼翼就沒了，完全進入以往的狀態，直接將楊逸晾在旁邊，幾乎忘了這麼個人。

楊逸並不在意自己被冷落，他注意著鏡頭下的那隻黑貓，以及其他飾演別的角色的貓狗們。他不得不承認，專業團隊就是比其他人在行，哪隻貓不抱東西就睡不著，哪隻貓在什麼時間點會開始振奮，哪隻貓討厭什麼氣味、聞到後會有什麼表現等等都有譜，而這個團隊從成立到現在，對工作室裡常在鏡頭下的這幾隻貓也都有了較深的瞭解，拍攝效率高，效果也讓人滿意。

小郭說那隻黑貓是這裡的王牌，一點都不假，看看這幾隻貓的表現就能知道。只可惜，因為品種的問題，那部電影不可能讓這隻黑貓上場，只能用其他的貓，畢竟按照那部電影的劇本，必須是名種貓。

不過，那隻黑貓不能拍電影裡的角色，倒是成全了楊逸心裡的那個想法。

楊逸喜歡上拍攝，多是受他外公的影響。他很早以前就有拍攝一部關於城市、人和貓的紀錄片的想法了，紀錄片會記錄現實的生活，展示時代脈搏和生命，展示和記錄時代背景下真實的一面；而片中加入貓這樣一個元素，也增強紀錄片的可看性，這會讓很多對紀錄片不感興趣的人也會瞄上一眼。

只是這樣的紀錄片難度較大，一直沒能付諸實踐。而在外公過世之後，翻看厚厚的幾本相冊裡的照片時，楊逸那個想法更強烈了。

看著鏡頭前那隻表現不俗的黑貓，楊逸臉上的笑容越來越大。

正在拍廣告的鄭歎突然感覺後背一涼，跳躍的時候差點出錯，好在他經驗豐富、心理素質過硬，很快就鎮定下來。

拍攝完畢後，楊逸跟小郭在房間裡密談，談到鄭歎的事情，小郭就搖頭了，「這個我做不了主，你得去找牠貓爹，得到牠家的同意才行，不然就算是你們強行將牠帶走，牠也不會配合的，而且還會讓你知道什麼叫貓的爪子。」

之後，楊逸和小郭簽了合約，電影那邊需要的貓，就從團隊裡面挑選了一隻拍攝經驗豐富的貓過去，同時跟過去的還有這邊團隊裡的幾個人，他們會照顧這隻貓的生活也讓牠更配合拍攝。至於鄭歎那邊，楊逸直接上門商談了。

焦爸和焦媽很困擾，拍廣告就算了，小郭是熟人，知根知底，也同意保密鄭歎的真實資訊，就算在貓圈裡很出名，但畢竟那只是一個小圈子，現實生活不會受到多少影響。

就像小郭自己也一直認為的，貓糧和相關產品的廣告拍攝相比起那些專業的電影電視來說，不過是小打小鬧而已，要是真正參與一部電影電視的拍攝且占據大量篇幅的話，那麼程度就很不同了。

而且，在這邊拍廣告，拍攝場地離家近，可若是要接下楊逸這份工作的話，鄭歎估計會很長一段時間都不在家裡。

以鄭歎那惹事的德行來看，焦爸焦媽還真不放心。

想說服焦家的人不是件容易的事，楊逸沒想到會遇到這樣的阻礙。

誘之以利？

不好意思，焦家不像別人想的那麼窮，對錢財也不那麼狂熱，不吃這套。

威逼？

用小郭的話來說，那隻貓會讓你知道什麼叫貓的爪子。

還是磨吧，磨到焦家人同意。

楊逸本來打算明天就坐飛機回京城去的，卻因為這件事而改了主意。他決定打感情牌，說一些感性的事情，關於藝術、關於人情、關於貓的故事，說這部片子所宣揚愛護貓的意識，這會讓更多的人來喜歡並瞭解這樣一個滲入人類社會、脾氣不怎麼好、難以被人理解的種族。

最終，焦家人鬆口了，但這也只是鬆口而已，最終的決定權還需要看鄭歎自己的意思。在鄭歎同意之後，焦爸才向楊逸回話答應演出。

楊逸在通完電話之後，看了一會兒窗外的陽光，然後又拿起手機，將手機裡的相簿翻出來，上面有一張拷貝過來的老照片，照片裡有一個笑得很開心的老人，老人肩膀上站著一隻黃白花色的家貓，那隻貓親暱地靠著老人的頭，微抬著下巴看向鏡頭，帶著點慵懶的俯視意味。

有人說，京城的人多了分天子腳下的傲氣，但也有著胡同裡的熱乎勁兒；而京城的貓，有著紫禁城的靈氣，也帶著四合院的痞勁兒。
那隻黑貓，應該能演出自己想要的效果吧？楊逸想。

第五章

貓咪們電影拍攝中……

拍攝的事情不是答應下來簽了合約就啟程，還需要一連串的準備，所以現在鄭歎暫時還不會出發，依然會在楚華市留一段時間。

為了讓鄭歎更好的適應拍攝過程，小郭決定這段時間從工作組抽調出一部分人專門「幫幫」鄭歎。

所謂的幫忙熟悉拍攝、適應場地，那是小郭在拍電影的劇組那邊留了幾天後，認為楊逸那邊大概也會採用類似的拍攝手法，於是鄭歎每天會被接到寵物中心，面對工作室熟悉的那些人、攝影機、道具等等。

被帶來這裡就是為了「特訓」，周圍人一個個積極得很。

這幾天並不需要拍廣告影片和圖片，鄭歎在工作室這裡待著相當無聊，這樣也就算了，但如果連吃飯睡覺甚至拉屎都沒有隱私的話，他不介意讓小郭再知道知道什麼叫貓的爪子。

於是，小郭在從電影劇組那邊回到寵物中心，打開自己休息室的門的時候，發現買了沒半年的沙發滿是「傷痕」。

小郭這兩天並沒有將休息室的門鎖住，而能自己打開這間休息室的貓只有李元霸、花生糖和鄭歎。鄭歎經常在這裡睡覺，李元霸也偶爾會過來，花生糖基本不進門。其中，李元霸有自己專門的午休地點——書架，睡沙發的只有鄭歎。

半年前小郭就因為一些事情把鄭歎惹毛了，鄭歎一怒之下毀了小郭這裡的一張沙發。現在，他又毀了一張新沙發作為警告。

見到沙發的慘狀後，小郭哀號一聲，然後撫額躺在電腦椅上。一抬頭，看到了在書架上的李元霸，李元霸看過來的眼神讓小郭覺得自己好像又幹了件蠢事。

「妳就不會阻止一下嗎？」小郭對著李元霸道。

李元霸扭頭，繼續睡覺。

小郭嘆氣。他知道李元霸的戰鬥力，能揍貓撓狗還能鬥小偷，但偏偏在鄭歎毀沙發的時候旁觀，從不阻止。

都是祖宗，真是難伺候，一個個脾氣大得很，要是跟王子牠們那樣乖就好了……不過，這幾隻是比較特別。

——對啊，那隻黑貓也是不同的，所以不能用對待其他貓的方式對待。

——如果是人的話，應該怎麼辦？

——曉之以理，做做工作，開導開導？

想好之後小郭立刻聯繫了查理。

於是，查理奶媽悲劇了。

接下來幾天，鄭歎來寵物中心的時候沒再見到那些礙眼的事物了。只是，不管查理怎麼做工作，鄭歎的態度都只能算是平常，查理不知道是否已將郭 BOSS 的旨意灌輸進眼前這隻貓的貓腦子裡。

這幾天小郭一直在忙，所以交給了查理這個艱巨的任務，爭取能夠將這隻貓的積極情緒調動起來。查理也不知道一隻貓什麼樣子才叫「積極情緒」，他只知道在做工作的時候，說得嘴巴都乾了，結果發現懶洋洋趴椅子上的貓瞇著眼睛打了個哈欠，然後就不鳥他了。

查理當時的心情啊……說起來都是淚。

不過，看在高額的薪資上，他認了。

小郭這天回來得比較早，來工作室這邊的時候鄭歎還沒離開，趴在沙發上睡覺，旁邊查理一臉的糾結，不知道在想什麼。

見到小郭，查理起身說了一下今天的情況。

「還是老樣子？」

小郭皺眉，這次和楊逸合作，是個極好的機會，如果這隻貓沒同意也就算了，但既然同意演出，小郭就得花更多的工夫在這上面，消極懈怠什麼的，那可不被人看好。在這裡就算了，到時候去京城那邊，等於到了別人的地盤，這樣子不知道會不會吃虧。

將外套往沙發上一扔，小郭也沒顧上換鞋，抹了把臉，捋了捋袖子，走到鄭歎眼前，蹲身看著趴在沙發上剛睡醒過來的鄭歎，認真的揮揮拳頭作鼓勵狀。

「黑碳吶，幹完這一票咱們就發了！」

鄭歎、查理：「……」

簡單，直接，有效。

鄭歎終於鬥志昂揚了那麼一咪咪。

鄭歎看過合約，錢確實不少，但鄭歎覺得小郭緊張過頭了，他又不是剛開始拍廣告的菜鳥，用得著擔心那麼多嗎？

心裡嘆了口氣，鄭歎覺得最近大家好像都有點緊張過頭、焦慮過甚了，不管是寵物中心這邊的人，還是焦家的人。

◆◇◆◇◆◇◆◇◆

在鄭歎嘆氣的時候，焦爸正琢磨著要不要聯絡京城那邊認識的人。那邊認識的人是有，但那些人肯定是沒有時間去照顧鄭歎的，也不方便讓他們照顧。想了想，焦爸還是聯絡了方邵康。方邵康的大本營就在京城，找他幫忙比較可靠。

在外地忙活的方邵康接到焦爸的電話時很驚訝。

「拍紀錄片？！」方邵康揮揮手讓助理出去，腳往書桌上一擱，「對方是誰？」

「逸興文化的楊總。」焦爸道。

「楊逸那小子嗎？行，我知道了，放心，就算我沒時間我也會讓人幫忙照顧的。」說著，方邵康給了焦爸一個電話號碼，到時候有需要的話，讓人聯絡這個號碼就行。

得到方邵康的保證，焦爸頓時安心很多，但也不是完全放心，畢竟那隻貓確實太能惹事。

方邵康掛掉電話之後，翻了翻通訊錄，撥打了個號碼，響了好久對方才接通。

「喂？」

對方好像沒睡醒的樣子。

「喂，楊逸，我方三啊！聽說你要拍部關於貓的紀錄片？」

那邊的楊逸有些迷糊，他整理了一些資料，一個晚上都沒睡覺，早上又出去了一趟，中午回來才開始補眠，沒想會接到這位的電話。

「哦，方三叔啊……」

楊逸跟二毛他們同輩，卻跟方邵康不是很熟，近兩年在生意上合作過幾次，以前也跟二毛他們一樣喊方邵康「三叔」。

「是有這麼回事。怎麼了，您有興趣投資？」

方邵康投資過不少電影，楊逸只是隨口一說，沒想到電話那頭的方邵康嘿嘿一笑。

「是啊，不過我想問問，你那邊還缺角色嗎？我家也有一隻貓，特別聰明，不比那隻黑碳差多少。」

楊逸頓了幾秒，方三叔家裡還養貓？他更沒想到的是，不像其他人推薦演員明星或者親戚朋友客串，方三叔居然只是推薦他家的貓！

既然方三爺開口，楊逸也沒有立刻拒絕，而是問道：「您家那貓什麼品種？」

「我家那就是個米克斯，也不是什麼名種貓，不過聰明得很，比那些名貓純種貓強多了。你那邊有網路嗎？我傳幾張照片過去給你。」

方邵康拿出筆記型電腦，選幾張在家拍攝的照片傳過去。他一直覺得，這世上最聰明的貓，除了那隻黑的，就是自家大米了。自家大米都入不了眼，還有啥貓有資格？

米克斯是指血統不純的貓，楊逸不準備在紀錄片裡用上多少名貴的純種貓，基本上預定的都是家貓和一些米克斯貓。

聽到方邵康的話，楊逸心裡鬆了一口氣，點開接收到的文件，查看照片。

十秒後——

「怎麼樣，夠格吧？」方邵康問。

「……眼神夠犀利。」楊逸評價道。

方邵康的要求不多，客串一下就行，過過癮留個紀念。

楊逸答應之後，方邵康立刻找機會向女兒邀功。

方萌萌在高興之餘，又想到了另一件事，問道：「爸，既然我們家大米參演了，能不能把小米也弄過去客串一下？好久沒見小米了。」

於是，楊逸在心神不寧的又睡了一個鐘頭後，再次接到了方邵康的電話。

「喂，楊逸啊，還是我，方三。」

楊逸：「……」

「我就想問問，你那邊還缺不缺角色啊？我再推薦一個，也是米克斯，跟我家大米同一胎生的，叫小米，就比我家大米蠢一點點，長相也過得去，就是嘴邊有顆痣。你還在電腦前嗎？我把照片發過去給你。」

楊逸：「……」

◆◇◆◇◆◇◆◇◆

小米一直跟著趙樂，先是在楚華市留了一段時間，後來趙樂忙起來沒人照顧，請了保姆也壓不住這傢伙，被趙樂她媽帶到京城去作伴了。平時丈夫和女兒都忙得很，趙太太挺喜歡小米的，回京城的時候捨不得，便一塊兒帶了過去。不過，雖然現在同在京城，大米和小米見面的時間卻並不多。

而鄭歎，自打小米被帶走之後，就沒見過了，大米還是上次去參加貓展的時候見過。

知道這兩隻也會參演，鄭歎難得的期待起來。不知道小米在繼承牠爹的痣之後，還會不會繼承牠爹的好鬥？

十一月中旬的時候，鄭歎跟著小郭挑出來的一行人出發前往京城，查理跟班照顧。這不是鄭歎第一次出遠門，焦家的人還是免不了擔心，叮囑的話鄭歎聽得耳朵都快長繭了。

在離開之前，鄭歎去了一趟老瓦房那邊，將手機和那袋鑽石分開藏著，又搬了一些破桌椅擋住，這樣也不怕其他貓進去，牠們可沒鄭歎那種力氣。

楊逸早已經安排好住處了，那裡也有一些拍攝組的其他工作人員。這些人對鄭歎很好奇，聽說大老闆楊逸就是因為這隻貓而重新提起這部片子的計畫。

被小郭委以重任的查理幾人，還擔心鄭歎見到這麼多陌生人會不適應，結果證明，是他們想多了。

鄭歎一點都不緊張，雖然這些人他不認識，但他能夠從這些人身上感覺到善意，就算是長得最抱歉的那位笑起來有些凶神惡煞感的大鬍子，其實也是透著善意。

既然沒威脅，擔心個球。

查理打電話給焦家報了平安後，沒等鄭歎跟這邊拍攝組的人先熟悉熟悉，就有人過來接鄭歎了——是方邵康那邊的人。

下樓之後，鄭歎掃了周圍一眼，視線落在那輛銀色的轎車上。

「黑碳，這邊這邊！」方萌萌打開車窗朝鄭歎招手。

在方萌萌喊完之後，鄭歎又看到兩個貓頭從方萌萌的那扇車窗露出來，看向自己這邊。

大米還是鄭歎在貓展那時候見到的樣子，依舊沒多少表情，對周圍人和事都漠不關心似的，只有看過來的時候眼睛才睜大了點、瞳孔擴大了些，這讓牠看起來少了些許平時的犀利感。

而小米，這是牠被帶走之後鄭歎第一次見到，印象中的花紋以及那個跟牠爹一樣的痣，這兩個特徵讓鄭歎不會認錯。

與大米不同，小米自打離開後第一次見到鄭歎，看向鄭歎的時候帶著點疑惑，鄭歎不知道這傢伙到底還記不記得自己。

小米的視線隨著鄭歎移動，估計是覺得空間太小，牠將旁邊的大米擠了擠，被大米一巴掌蓋在腦門上也不在意，繼續擠，腦門被繼續搧。

兩隻貓都擠在車窗這裡，鄭歎也不好進去，還是前面的司機招呼鄭歎，從前車窗跳進去的。鄭歎沒見過這位司機，不過聽他跟查理談話的時候知道，這就是方邵康說過的在京城這邊幫忙照料的人。

既然都是提前打過招呼的，查理也放心了些，目送車子離開之後，查理向楚華市的人彙報鄭歎的行蹤，這是老闆小郭和焦教授都叮囑過的。

跳進車裡的鄭歎就坐在副駕駛座上，後座有方萌萌和兩隻貓，還有一個不認識的人，是方萌萌她媽派過來幫忙照顧孩子和貓的。

鄭歎注意到，小米身上戴著繩套，牽繩的另一端在那個鄭歎不認識的女人手裡。小米的貓牌掛在繩套的一個釦環上，做得還挺精緻，繩套還從小米的前肢腋下穿過，這樣牽繩的時候不會讓貓脖子承受所有的力道。不過，一般用這種繩套的，多半都是比較好動的，像大米就不會被這樣對待。

和鄭歎猜測的一樣，小米這傢伙有多動症傾向，和大米的安靜穩重感截然不同。鄭歎上車之後，小米一開始很好奇，時不時湊近嗅嗅，不知道是想起來了還是覺得鄭歎沒威脅，湊過來黏過去，還抬爪子碰鄭歎，在後座上動得頻繁，直到方萌萌將牠強行壓在車座上。

就算是趴著，小米也沒閒著，蹭來蹭去玩玩這玩玩那，尾巴甩來甩去。不知道這性格像誰，花生糖當年也沒這樣吧？

另外一個讓鄭歎不爽的就是——體型差距。

在鄭歎看來，花生糖比他低一輩，大米和小米又小了一輩，但站在這兩個小輩旁邊，鄭歎看牠們都得仰著頭。

到方萌萌她家之後，鄭歎才知道自己還是小看了小米。

鄭歎趴沙發上看著小米將一顆網球滿屋子撥弄著玩，時不時招惹一下沙發上的鄭歎和貓跳臺上的大米，然後被兩者搧巴掌，樂此不疲。

不知道之後拍攝的時候會不會惹麻煩？

不過，那些是楊逸和拍攝組的人操心的事，鄭歎不再去想。

方萌萌拿著相機為鄭歎和大米小米拍了很多照片，大米早已習慣，小米也好像並不在意相機，有時候還好奇的湊向鏡頭，拍出來幾張大鼻子照，嘴邊那顆痣尤為明顯。

◆◇◆◇◆◇◆◇◆

鄭歎沒有在方萌萌家多留，第二天就被楊逸開車過來接走了，拍攝組那邊可沒有太多閒工夫，很多地方還需要磨合，楊逸可是在鄭歎身上給予了很大的希望。

很多人說，紀錄片是電影的長子，是劇情片的窮兄弟。就像鄭歎知道的那樣，並不是每部紀錄片都能被大眾認可，大多數的紀錄片都被束之高閣，片名提起來很多人聽都沒聽過，就算聽說了也沒看的興趣。

很多人也不看好楊逸花費心力的這部片子，拍啥不好要拍紀錄片？那點錢還不如去拍點明星廣告呢！

對此，楊逸一點都不在意。

鄭歎並不是一隻京城貓，但既然要講京城裡的貓的故事，所以這些故事裡肯定不會是真實的鄭歎。真實性是紀錄片的本質屬性，記錄客觀存在的事情，讓觀眾們有更真實的感受，因此楊逸並不會去胡扯，也不會讓鄭歎去演那些假的故事。

鄭歎要演的是，曾經的、真實的事情。也就是說，鄭歎要飾演另外一隻早已不在世上的貓，換地點也要換心態。

和二、三十年前相比，現在的京城變化很大，楊逸記憶中的那些場景和事物並不能如實再現，所以這也涉及到了一個透過科學技術手段來虛擬的手法。

當然，虛擬並不就代表虛構，故事還是真實的，科技手段虛擬的場景和事物也是曾經真實存在、有歷史依據的。所以，這部紀錄片有一些片段需要運用虛實結合的拍攝手法，去再現真實的故事內容。

人有再現過去往事的能力，那些往事，就是存在於楊逸記憶中的一幕幕。

而楊逸說要達到思想上的共鳴，鄭歎感到壓力有點大。

這次拍攝，不論是陣容還是氣氛，都與小郭那個工作室有很大的不同。

在拍攝的過程中注重對光線反差的控制，提高影像的視覺效果，因此這對攝影機以及攝影師的技術水準要求較高，攝影師要透過對光線反差的調節來保證影像的美感，可以將拍攝的內容以最美的角度展現給大眾。

先進的拍攝設備、手段高超的攝影師，從這兩方面都能看出楊逸對這部紀錄片的重視；而後期的製作，對於影像的技術處理要求也高，要能夠在保證拍攝內容真實的情況下，對圖像進行修飾，從而來增強視覺效果，這都需要相關的拍攝技術人員具備高強的專業能力。

果然，拍寵物廣告跟這種紀錄片，還是有很大的區別，難怪小郭之前一直神經質，連帶著查理總是在旁邊嘮嘮叨叨生怕惹麻煩出差錯。

楊逸對查理他們幾個被小郭派過來京城的團隊說了下接下來要拍的幾個場景，怎麼走位、頭往哪裡看、該怎麼叫等等。

鄭歎則在旁邊聽著。

那位跟鄭歎搭戲的老頭以及拍攝組的很多人都對楊逸的做法很不理解，一開始他們在知道楊逸要拍這部紀錄片時就知道難度頗大。

人還好，貓的話，出了名的難伺候，比狗難伺候多了，看看迄今為止關於狗和關於貓的電影以及牠們在電影裡的比例就知道了，沒拍過就不知道貓有多難伺候，所以他們覺得楊逸這人還是太年輕，將事情想得太簡單。

楊逸也知道其他人會怎麼想，但是他從小郭和焦教授那裡瞭解到的，以及當時在寵物中心拍攝場地自己親眼見到的，都讓他對這隻黑貓抱有很大的期待。而這裡面涉及到了關於他外公的故事，片子本身的意義很大，即便這不是大製作的電影，只是個被很多人不看好的紀錄片。

楊逸每次拍動物的時候，都喜歡透過照片裡定格的那些動物的眼睛和眼神，去猜測當時那隻動物的心情。

與人相比，動物更容易吸引人的注目。

其實很多時候，動物的一個眼神就能秒殺電視上的那些明星，不是說牠們比明星們表現得好，而是牠們一個眼神就會給見到的人帶來很大的衝擊。那些喜愛寵物的人，有時候就算他們的寵物犯了什麼錯，本來準備的一肚子訓責，在面對寵物撒嬌或者可憐兮兮的眼神之後，便丟盔棄甲——動物的眼神也是帶著感情的。

雖然說的是紀實，但有些還是得演，尤其鄭歎這次本來就是飾演另外一隻貓的貓生。

開拍之前，鄭歎要化妝。

是的，化妝。

這是之前商量過的，楊逸的外公曾經養過的貓並不是純黑的，那隻貓有三隻腳是白色、一隻腳是黑色，鼻子那裡有一小點白，下巴那裡有塊倒三角狀的白色；相比起警長來說，其實白色所占的比例並不多。鄭歎看過楊逸拿出來的照片。

至於染色的染料，是楊逸專門找來的，聽說無害，還能吃、能洗掉。為此，焦爸還專門取了一些去檢測，拿到結果之後才同意。

在此之前，鄭歎一直覺得染色是件很容易的事情，但是真正等到「化妝」的時候才發現並非如此。

楊逸請來的化妝師太盡責、太細緻，當然，效果也是很好的，鄭歎現在出去保准很多人都不認識他了。

人們認動物，大多第一眼就是認顏色，染了點白色就變樣很多，全黑的氣勢也削減了。

查理拿著鏡子讓鄭歎看，其他的鄭歎還算滿意，乍一看是看不出化過妝，唯一鬱悶的就是鼻子下面的那點白色。鄭歎現在覺得，花生糖和小米的「痣」長得還算好了，總比現在自己的這個好。現在鼻子下面那點白得就像鼻涕一般，直接流到嘴裡。

妝化好了，開始拍攝。

很多問題，只有等開始拍了才知道。

比如，楊逸說的該怎麼發出撒嬌的叫聲以及防備的叫聲。

「那個……黑碳不會叫……不是，是牠叫不出貓的聲音……」查理無奈道。

楊逸：「……」什麼叫「叫不出貓的聲音」？

對於這個，鄭歎表示這確實超過了他的能力範圍，一般的貓叫就夠嗆了，更何況還是撒嬌的那種嬌滴滴的聲音。

查理生怕這位貓爺生氣，趕緊過去向楊逸解釋。

楊逸想了想之前看過的那些廣告，好像確實沒聽過這隻貓叫。

嘆了嘆氣，楊逸道：「那算了，叫聲到時候我再想辦法。現在繼續。」

……

「好，待會兒叼襪子……怎麼了？不叼襪子？討厭臭襪子？！哎，那是新的，只是特意做舊了而已，不信你聞聞……OK，繼續！」

……

「好，待會兒讓牠就蹲木凳子上舔爪子……什麼？不舔爪？哪有貓不舔爪子的，人還吸手指呢……有染料？沒事，那染料能吃，我還吃過……要不然就叫牠舔那隻沒上染料的爪……OK，繼續。」

……

一天拍攝下來，查理和團隊幾個人也滿頭大汗，鄭歎也好不到哪裡去，楊逸那人要求太高，人家導演都沒覺得有啥不對，偏偏楊逸不滿意，一個不好就重拍，估計是想跟記憶中的片段高度重合。

鄭歎長呼一口氣。算了，就當是為藝術獻身。

◆◇◆◇◆◇◆◇◆

在來京成拍片之前，焦爸就對鄭歎說過，必要時裝裝傻。

什麼叫「必要時」呢？

比如，不想拍的鏡頭、不想合作的人、不適應的地點、身體不舒服或者尿急的時候等等可以裝傻，裝作不知道怎麼演或者直接原地打滾就行，誰讓他是一隻貓呢，拍攝組的人能對一隻貓要求多高？頭疼事讓團隊的人去應付，小郭派那麼多人過來不是打醬油的，這裡面說小郭和焦爸沒有私下裡的協議商談，鄭歎打死也不信。

不過，這是對他好。鄭歎明白聰明可以，但是表現得太過聰明那就惹人生疑了。為了免去一些不必要的麻煩，有時候還是蠢一點比較安全。

很多鏡頭鄭歎以前都不會去拍，這次卻難得的忍耐了，畢竟這種紀錄片和廣告是不同的，耗費了大量的人力物力，鄭歎既然接下了這個工作就要負責，而且這些鏡頭對一般的貓來說都是很平常的，罷演確實說不過去。

鄭歎頂著一身「妝」不太自在，隔會兒還要補妝，尤其是眉毛、鬍子那裡不經意間蹭掉點也要重新上色，畢竟鄭歎的鬍鬚是黑色的，而照片上那隻貓的鬍子是白色。

好在鄭歎的效率比較高，整個拍攝下來的時間也比楊逸計畫的少很多。

拍攝組的人本以為拍這些會耗費很久，沒想到這隻黑貓竟然這麼配合，在他們看來，貓聰明自然是其中之一，更厲害的是跟過來的那幾位聽說是專門照料貓的團隊。

拍攝組的人在空閒時還拉著小郭派過來的團隊人員交流經驗，殊不知團隊的幾人笑得臉都快僵了——有些事情他們也不敢亂說，他們可是簽過好幾份合約的，小郭交代怎麼說，他們就怎麼應對。

現在鄭歎不知道自己演得怎麼樣，只能從楊逸的神情裡看出達不達標，具體效果只能等最後製作完成。而跟鄭歎搭戲的那位老人家，側面看起來滿像楊逸的外公，當然，也是化過妝的，力求更像，再加上一些拍攝手法，鄭歎相信，等影片真正製作出來，應該能夠讓楊逸滿意吧。

這其中，鄭歎也接觸了一些那個年代常用的東西，比如「爐灰貓砂」，那時候幾乎家家都燒煤，收拾起來方便；還有手工製作的「貓道兒」，住四合院的人自己做給那些整天進進出出的小混蛋們的，開個半尺見方的洞，掛塊布簾，若是養胖的、體型較大的貓，洞口也會開得更大些。

沒什麼高科技存在，那時候卻用得挺好。

除了鄭歎之外，大米和小米也客串了一下，楊逸要拍一些貓咪們平時活躍玩樂的場景。

這其中，小米做得甚得楊逸歡喜，那傢伙就算牠獨自一個也能立刻high起來，精神分裂似的自踹自撓自己咬腳掌，在狹窄的圍牆上快速地跑來跑去，玩爽快了之後勾成S形的尾巴揚起，菊花向著夕陽，來個撇臀式伸懶腰，然後，開始叫喚著要吃的。

拍的時候眾人都跟著樂。趙太太還親自來現場了，對自家貓丟臉的樣子一點都不在意，反而還覺得貓就該這樣。

鄭歎能看得出，趙樂她媽將小米看得挺重，看來小米很對這位太太的胃口。

而大米那邊，雖然沒有怯場，但相比而言也太過沉穩安靜，站在高高的圍牆上就不動了，楊逸不知道該怎麼辦，畢竟這隻貓是方邵康主動要求的，總得拍點什麼吧？

「這兩隻真是兄弟？」有位拍攝組的人員問道。他指的是小米和大米。

「大米是女孩子！」方萌萌耳朵尖，聽到後糾正道。

「哦，女孩子啊，挺文靜的。」那位拍攝組的人員呵呵笑了笑，他對貓不瞭解，也不知道怎麼憑花紋去判定一些特例的性別，笑笑之後他看著方萌萌，問道：「那妳能不能讓妳家的大米嬌笑一下？」

嬌笑？

貓能嬌笑嗎？

方萌萌在圍牆下方逗了半天，蹲圍牆上的大米終於動了，前爪在原地踩踏了兩下，挺了挺背脊，俯視下方，終於扯出一個嚇人的「笑」。

注視著的拍攝組全體人員：「……」

——尼瑪，好恐怖！

有幾個人還不自覺的搓了搓胳膊，感覺雞皮疙瘩都起來了。

方萌萌倒是不覺得什麼，因為平時大米只有對著熟悉的人的時候才比較自然，一旦不自然的話，要麼面癱，要麼就是這種表情，心情不好的時候更甚——方邵康對此深有體會。

現在大米大概是感覺圍牆下方不認識的人太多了，氣氛也有些沉悶，牠不像小米那麼活躍，平時在外面也不怎麼主動伸爪子，剛才方萌萌逗了半天也沒見牠伸爪子，只能透過面部神情來判斷牠的情緒變化。

當然，剛才未必算得上是大米的笑容，只是一個面部和嘴巴那裡的變化看起來像是笑而已。不過，再繼續下去也只能是這個樣子。

「行了，剛才那個鏡頭就好，每隻貓都不同，我們要拍出水準也要拍出特色嘛。」楊逸挺滿意的，至少拍了些新的東西，同時也能向方邵康交代。

這段結束的時候，小米被趙太太帶走，離開之前鄭歎還聽到趙太太跟旁邊人聊天時說到大米，一副慶幸的語氣說還好領回來的是小米，不然碰上大米那種估計會鬱悶。

而大米那邊，方萌萌則更慶幸當初選擇了大米，小米太能折騰了，還是自家大米聽話。

或許在一些人說來，別人家的貓總是好的，但就算誇讚別人家的貓，在養貓人心裡，排第一的都是自家貓，甭管是頑劣分子還是悶葫蘆，自家貓自家愛。

◆◇◆◇◆◇◆◇◆

這部紀錄片並不只有楊逸外公的那些事，拍攝組的人還去採訪了另外一些人，雖然那後面的採訪沒鄭歎的事，但是鄭歎還不能離開，有些鏡頭可能要補拍，他得多留一段時間，以防萬一。所以鄭歎跟著他們，去看看那些被採訪的對象。

第一個去的是一位作家老先生家裡，老爺子和老太太都在。

採訪比較生活化，拍攝地點就在兩位老人家裡。兒女經常不在身邊，兩位老人就養了貓，現在養的是一隻白色的田園貓，見到鄭歎的時候那隻貓很好奇也很警惕，一直躲在老爺子和老太太周圍盯著鄭歎。

鄭歎在屋裡面轉了一圈，那隻貓沒什麼反應，只是伸長脖子盯著鄭歎，直到鄭歎來到牠的貓窩，接近牠的貓飯碗的時候，這貓炸毛了，衝過來弓著背朝鄭歎揮爪子低吼。

「哎，您放心，那隻黑貓不會打架的。」

楊逸安撫了有些擔心的老太太，然後詢問兩位老人什麼時候能開始。

那隻貓在鄭歎離開牠的飯碗和貓窩之後，就立刻又跑回老爺子和老太太身邊。

兩位老人都不知接受過多少採訪了，所以對這種情況也能沉著應對。導演也不會刻意要他們怎麼做，老太太看書做飯、老爺子寫作聽收音機的時候，以及這其中貓的反應等等，攝影師都有拍攝下來。

老爺子寫作的時候，貓就跳書桌上搗亂，在老爺子的稿紙上踩來踩去，推也推不走，再推的話就直接躺稿紙上面，除非老太太叫喚牠，才慢悠悠起身。

老爺子也不惱，笑著用筆桿尾端替趴在稿紙上的貓撓下巴，「這傢伙囂張得很，我一坐這裡牠就跑過來欺負我……老伴兒？我老伴兒也不說牠，反而還讓我寫點稿子出來讚揚一下……」

看老爺子的樣子，一點都沒有被欺負的委屈和惱意，反而還樂呵得很。

老爺子說京城的文人好養貓，還舉了幾個同輩作家的例子。

文人筆下，京城的貓有些像被寵得面面俱到的少爺，雖然如今多數從抓老鼠管吃住的長工，變成了高樓公寓裡吃喝玩鬧的寵物，但骨子裡的爺味一點都沒少。牠們可不管面對的人是文學大家還是市井小市民。

楚華的貓是什麼德行？鄭歎想了想自己認識的幾隻貓，仔細想來，好像認識的幾隻都有些特別，或許也具備楚華貓的代表性。

除了現在這隻貓之外，老爺子也回憶了以前養過的貓，老太太還拿出相冊發給大家看。

採訪的時候，兩位老人時常沉浸在回憶中，有時候也會靜靜的思考，似乎忘了周圍還有人在拍攝採訪，出現了好幾次靜場。不過，不管是楊逸還是拍攝組的其他人，全都沒有關機，也沒有人打斷，臉上更沒有不耐煩的神色。

在來之前鄭歎就被查理告知過這種情況，想來都是楊逸叮囑的。每次靜場之後，兩位老人說的話都比較生動，很真實，很生活。說起上一隻貓的時候，老太太眼睛紅了好幾次，那隻貓陪這兩位老人十多年，算是壽終正寢。

拍攝組接下來又去採訪了一位國畫大師，老人受訪時還拿出一幅滿是貓腳印的畫。那時候老爺子正在畫魚，結果他家的貓跳桌子上搗亂，踩得到處是墨印，老人之後將那幅畫修了一下，然後裝裱起來收藏，家裡來客人談起相關話題的時候，老人就將那幅畫拿出來炫耀，說他家的貓頗有藝術天分。

鄭歎跟過去也看了那幅畫，還別說，看起來真的挺有意境的，不愧是國畫大師，就像當年那部關於唐伯虎的電影裡放的那樣，總能化腐朽為神奇。

攝影師很善於抓拍一些細節，這些細節會讓整部片子更生動，更充滿靈魂。

整個拍攝下來，採訪過的養貓人中有藝術家、教育家，去過京城的幾所名校、圖書館，也去過一些平常人家。鄭歎跟著走街串巷，不同的場地背景、形形色色的養貓人、脾性各異的貓，聯合在一起，再加上那些專業的製作和潤色，鄭歎相信這會是一部好片子，不管別人怎麼看，鄭歎自認為是很好的。

聽拍攝組的人說，製作出來後這部片子很可能被送去參加比賽。不過，製作好也要等到明年了，畢竟現在都年底了。

第六章

他鄉遇故貓

鄭歎是十一月中旬來京城的，等關於他的部分拍攝完的時候都快十二月中旬了。鄭歎的那部分算是完結了，不需要再補拍，至於後續拍攝，鄭歎也用不著再一直跟著拍攝組到處跑，真要跟的話，估計得跟到明年去。拍攝組的工作還沒結束，而鄭歎打算早點回楚華市過年。

查理和派過來的人被小郭召喚回去了，那邊年底很忙，而鄭歎則被方萌萌極力留在京城多玩一段時間。

這一個月來鄭歎除了剛到京城的時候，之後方萌萌都沒多少時間見到鄭歎，還想讓鄭歎在自家住幾天，方邵康出面跟小郭和焦爸談了談，讓鄭歎過段時間再回去。

寵物中心那邊的聖誕特輯鄭歎是趕不上了，但元旦新年特輯得趕回去拍。按照小郭的說法，鄭歎是過去鎮場子的。

鄭歎在網路的貓圈裡名氣頗大，每年特輯的時候很多人都是看他，因為小郭總能想出些小把戲讓鄭歎將觀眾逗樂，缺了鄭歎，肯定會有人不滿，再加上這段時間鄭歎缺席了一些廣告和影片的拍攝，網路上已經有些人開始胡亂猜想了，比如「ＢＣ走丟」、「ＢＣ病重」、「ＢＣ被賣」，甚至還有人說小郭將鄭歎的性別隱瞞，「其實ＢＣ去生崽」等等之類的猜測都出籠了。連工作組的人也都盼著鄭歎回歸，他們深刻體會到，鄭歎不在的日子，他們的多倍加班生活有多苦。

所以鄭歎不可能在京城久待，何況焦家的人也想念著，每週都要打兩到三通電話過來。現在查理離開了，焦爸就直接打給方邵康介紹的那個人，那人也如實將鄭歎在這邊的情況告訴焦家。

鄭歎住在方萌萌家裡，沒有去大米的貓跳臺，他獨自霸占了一間方家的客房，這是方邵康默許的。

跳上邊沿的桌子，鄭歎抹了抹窗戶上模糊的水氣，透過窗戶看向外面。這個時候，京城比楚華市要冷一些，前幾天外面還飄雪了，不過待在室內的話還是很暖和的。

鄭歎在方家有些無聊，雖然方家的房子很大、裝潢很好，但畢竟是在別人家，鄭歎不能偷偷上網、不能到處亂跑、不能隨意耍性子、不能鑽被窩……才兩天而已，鄭歎就想回焦家了。

週末的時候，方家來了個客人。

來人是方萌萌的堂兄，方文傑，今年高三了，他來的時候方萌萌正在和大米玩「猜猜開心果在哪個酒杯」的遊戲，鄭歎在旁邊觀看。

「萌萌，又在跟大米玩遊戲呢……咦，這是誰家的貓？你們家的新成員嗎？不會是專門弄來給大米搭伴兒的……哎喲！」

鄭歎在那人瞎扯的時候將腳邊的網球扔了過去，砸中來人的臉。鄭歎用的力道不大，他只是打算小教訓一下那人，並沒有要將人打傷的意思。

方文傑今天因為家裡人不在，難得有個短暫的假期，便跑過來這邊蹭飯，沒想到進門沒多久就挨了一下，雖然不怎麼疼，但也讓他夠意外的。

「呵，這貓脾氣挺大啊！萌萌，這誰家的貓？」方文傑沒有再靠近鄭歎，而是坐在方萌萌旁邊，不過眼睛卻一直盯著鄭歎，防止鄭歎又扔個什麼過來。

「誰讓你胡說的！」方萌萌幸災樂禍道，「這是黑碳，我爸朋友家的，上個月來這邊拍紀錄片了，我留牠在家多待幾天。」

「還拍電影？這麼厲害？」方文傑驚訝道。

「不是拍電影，是拍紀錄片。」方萌萌糾正。

「同一個意思。」

方文傑現在也不怕被鄭歎扔東西了，起身湊近，繞著鄭歎轉了一圈，「以我的經驗，這貓是被稱為『小黑豹』的孟買貓！」

「錯了，這貓就是普通的田園貓。」方萌萌鄙視道，「小黑豹的臉長得不是這樣。」

「哪裡不一樣了？我覺得就是，不然誰會找一隻普通的土貓來演？」

「就是田園貓，不信你可以去問我爸！」

聽到方萌萌的話，方文傑想想自己的三叔，臉上糾結了一番，然後道：「好吧，就當妳是對的。」

說完，方文傑就跑去翻零食了，他一下午沒怎麼吃東西，現在晚餐還沒準備好，他等不了。

「對了萌萌，明天我媽和妳媽都要去參加個酒宴，我們就不去湊熱鬧了吧，哥帶妳出去吃飯好不好？」方文傑一邊喀嚓喀嚓嚼著洋芋片，一邊說道。他最討厭跟那些大叔大媽一起，每次都會比拚各家孩子的成績，而事後方文傑免不了被他爸媽一陣數落，很不爽，所以他一點都不想去那個什麼勞什子酒宴，去了自己找不自在。

「好啊。」方萌萌也不想去。雖然她年紀不大，但很多事她心裡知道，比如那些跟自家關係其實不怎麼好的，卻因為自己老爸的關係，碰到她之後就立刻湊上來的人，有的故作親切，有的還耍心眼，弄得她煩不勝煩。

方文傑跟方萌萌說話的時候，鄭歎就在旁邊聽。方文傑這傢伙都高三了，似乎叛逆期還沒過去，成績不好，家裡請了好幾個家教輔導，一點用都沒有，而且每個高薪請去的家教都被方文傑氣走了，聽說請的不少都是京城排行前幾名大學的學生，這其中甚至還有研究生、博士生等，一點用都沒有，吊車尾依然是吊車尾。

雖然方家有錢也有能力，但就算能在上大學的時候運作，成績總不能太過難看吧？丟不起這個臉。

聽方文傑剛才談起來時的那語氣，似乎與那些家教都是兩看相厭，他覺得那些人太傲氣、自以為是，而方文傑在對方眼裡就是個紈褲子弟，跟他講題簡直就是對牛彈琴，豬都懂了這人還一副茫然樣。

現在寒假又快到了，高中只剩最後半年，方文傑他爸媽又開始找人準備幫他寒假補習，方文傑彷彿已經看到了今年黑暗的寒假生活。而且，他爸媽從現在就約束他了，不准頻繁出去跟朋友玩樂，限制零用錢，還斷網！想想這種生活還要持續半年，方文傑覺得眼前一片黑暗。

「就最後半年，過完就輕鬆了。」方萌萌說道。

「站著說話不腰疼，等妳到我這時候就知道有多不爽了。壓力大啊！」方文傑嘆道。

鄭歎和方萌萌都看了看方文傑，一點都沒從這人臉上看出「壓力大」的意思。

◆◇◆◇◆◇◆◇◆

次日，中午午飯之後方文傑過來方萌萌家，他還沒滿十八歲，也沒駕照，加上家裡管得嚴，所以車是別想自己開，不過，他們有司機。

出門吃飯鄭歎肯定是跟著一起過去的，不出去吃大餐，難道留在這裡跟大米一樣吃貓糧嗎？鄭歎才不幹。

所以，鄭歎果斷決定跟著他們出門吃大餐。

走出門，鄭歎就感到一哆嗦，趕緊鑽進車裡。外面真夠冷的，難怪方萌萌穿那麼厚。鄭歎身上的毛短，不像大米牠們那樣。不過，大米似乎不喜歡跟著方文傑出去，看到方文傑後，大米就自己跳沙發上睡覺去了，方萌萌也不再喊牠，早已經習慣這樣。

方萌萌上車的時候手裡拿著一個大背包，還有一件白色的寵物服。

這是以前大米還小的時候買的，不過買了之後大米沒怎麼穿過，牠不喜歡穿衣服，方萌萌也沒扔，那衣服她特別喜歡，北極熊樣式的，所以一直留著，沒想到今天能派上用場。

鄭歎也不喜歡那些衣服束縛著，但想想外面的氣溫，也不知道下午要在室外待多久，鄭歎決定還是不苛待自己了，由著方萌萌給自己套上那件一看就很暖和的白衣服，頭上還有個連帽戴著。穿好之後鄭歎從車裡的後視鏡看了看，這衣服穿著好像有點傻。

方萌萌還特意照了幾張相片，方文傑則坐在副駕駛座那裡笑。

現在時間還早，中午沒過去多久，他們並不會直接去吃飯，在那之前他們先要去一趟書店。

方文傑要買幾本參考書，他媽列出來的，這些不能不買。方萌萌對逛書店不排斥，反而還很期待。不用買參考書練習冊模擬題的孩子就是好。

司機直接被方文傑打發走了，這裡離他們下午吃飯的地方很近，沒必要讓司機一直等在這裡，等吃完飯方文傑再打電話給司機，讓他過來接人。

方文傑和方萌萌進書店看書，鄭歎肯定要跟著一起進去。書店裡走來走去的人多，也不知道有沒有寵物限制，鄭歎還是得待背包裡。

「黑碳，在裡面就待背包裡，別亂跑亂叫啊，會被人用拖把打出來的。」方文傑揹起背包的時候說道。

書店裡有暖氣，比較暖和。書店有個關於大學聯考的區域，那裡全是練習題、模擬試卷等，人還挺多，不過大部分人都只注意翻手頭上的參考書，或者在書架上尋找書籍，沒注意方文傑背後背包裡露出來的貓頭，有幾個人倒是看見，但也只是好奇的多看了兩眼就沒再注意了。

方文傑很快找到兩本，在尋找第三本的時候得再往裡頭擠擠，他也不客氣，看到書架上的書之後，將前面的一人強行往旁邊擠開。動作太大，對方手裡拿著的書也因為方文傑的這一擠而掉落到地上。

說了句一點誠意都沒有的「不好意思」之後，方文傑看都沒看對方一眼，直接去拿那本參考書。而那個剛才被擠掉書的人皺著眉蹲身將書撿起之後，打算將書放回去，沒想到一抬頭就看到露在背包外的貓頭。

那件白色的北極熊寵物衣服上的帽子套在鄭歎頭上。白色的帽子，黑色的貓臉。

那人拿書的動作一頓，眼神帶著疑惑不確定。

鄭歎本來還好奇的看著周圍，在楚華大學的時候，小書店他倒是去過幾次，這種大書店他沒經驗，所以一時間有些好奇，尤其是不遠處那幾個粉嫩的妞，鄭歎多看了幾眼，直到剛才方文傑比較大的推擠動作，鄭歎才收回視線，看向那個倒楣的人。

這一看，鄭歎傻眼了。

喲呵，沒想到還是老熟人！

這不是那個總蹲牆角發呆、高三了還背著家裡去工地搬磚、隱忍不發直到大學聯考一匹黑馬踢翻全校的鍾言嗎？回想一下，這傢伙現在應該都大三了。

鄭歎還真沒想到會在這地方遇到這小子。

鍾言眼裡則疑惑居多，就算覺得有些像，但楚華市離京城這麼遠，揹著背包態度惡劣的那人他也不認識，鄭歎現在還穿得跟顆白球似的，本就不容易認，現在要確定就更難了。

鍾言其實也不認為這是他認識的那隻黑貓，但這隻貓的神情太熟悉，就算兩年多沒見了，但鍾言見過的貓裡面，就那隻最特殊。看，牠還朝自己揮爪子呢！

——到底是不是那隻？

——要不要問問這人？

在鍾言猶豫的時候，已經拿到參考書的方文傑轉身，見到背後站著個人，還盯著背包，便瞪眼道：「看什麼看！沒見過貓啊？」

方文傑轉身打算離開，剛走兩步，就聽身後一個聲音道：「黑碳？」

聽到這名字，方文傑腳步一頓，轉身看向剛才的人。

「真是黑碳啊？」鍾言眼睛一亮，剛才被擠掉書的不爽也消散了。

「你認識牠？」方文傑疑惑，抬手指了指背後的背包問道。

「是啊！不過，牠不是在楚華市嗎？」鍾言心裡猜想這隻貓是不是被賣到京城了，可是以前在工地的時候，不都說這貓上頭有人罩著嗎？

聽鍾言說出「楚華市」，方文傑的防備稍微小了些，不過也不敢確定，他掏出手機打電話給方萌萌讓她過來。書店太大，人也不少，一時找不到她，手機聯繫方便點。

不過，就算是焦家人也未必能夠將鄭歎認識的人認全，很多鄭歎閒晃時認識的人，焦家都不知道，更別說方萌萌了。這兩個姓方的只能透過鄭歎的態度來辨別是否真是熟人。

方文傑今天下午的打算是買書，然後趴書店睡一覺。外面太冷他不想動，等到了時間直接殺去餐廳吃飯，因此現在碰到鍾言就無聊的拉著人說話，他挺好奇鍾言怎麼會跟那隻黑貓認識。至於方萌萌，過來一趟後又跑了，她找到幾本感興趣的書，得多看一會兒。

靠角落裡的休息位子有人離開，方文傑立刻趕過去，在別人坐下前霸占了四個座位，空座就用背包和書占著。

鍾言今天跟朋友一起過來的，大一的時候他在速食店兼職認識了兩個朋友，並不同校，今天這人是其中之一，另外一個今年畢業了。鍾言的家教工作也是這朋友介紹的，上午去一個高三學生家裡做輔導，下午沒事，鍾言就和同樣兼職家教的朋友過來這邊找找高三的輔導書。

很多人說大學聯考並不是一個公平的平臺，充滿了地域歧視性，鍾言覺得無所謂，他已經考過了那一關，現在來找高三的輔導書籍不過是為了給另一個悲慘的高三生輔導。

不同地區的大學聯考制度也存在著差異，題型、政策、偏好等都要研究研究。鍾言當了兩年家教，第一年兼職家教的時候不太適應，不過第二年就好多了，他向來不是個死板的人，知道變通，能對症下藥，風評還不錯，那些家長付錢也爽快。

鍾言他同學原本在跟一個妹子搭訕，見到這邊的情況後便走過來，三個人很快聊上了。

一個說：「悲慘啊，一放假就要補習！」

另外兩人點頭說：「是啊，每次去輔導的時候，那些學生就像看人生仇家似的看著我們。」

鄭歎在旁邊聽他們扯，從他們的話中知道，鍾言來京城後就沒回家了，學費和生活費也都是靠自己打工賺來的，看來和家裡的關係還處在冰點，難怪在楚華市這兩年都沒見過鍾言。

一聽說之前鍾言大學聯考時是一匹超黑的黑馬，直接從班級普通水準飛到了全校前三，將一些人的臉打得啪啪響，方文傑就相當激動，他覺得黑馬這種生物簡直就是耍帥打臉的神獸，連帶著看鍾言都順眼多了。

雖然鍾言不怎麼提自己的事情，但在京城也會碰上高中時的同學，跟鍾言要好的人也或多或少聽說了些，所以他朋友一提，方文傑一激動，這話題就開了，收都收不住。

方文傑一邊聊著一邊在心裡琢磨，他媽現在正在找寒假期間的家教，與其再找個自己看不順眼的人，那還不如直接讓鍾言他們來家裡算了，無聊的時候還有人說說話。剛才聊天，方文傑覺得鍾言這兩人挺有意思，也不像之前他媽請的那些家教們總是一副「老子是天才」、「老子的話比參考書的參考答案還正確」、「老子說什麼你就得聽什麼」之類的跩樣，雖然那些人臉上很少表現出來，但方文傑看得出，那些人心裡就是那樣想的。

方文傑也將自己的想法提了出來，不是開玩笑，是認真的說著。

「我就算了，唬一下人還行，真正要輔導的話你還是找鍾言，這傢伙好歹也是京大的，而且鍾言過年也不回家，有時間。」鍾言朋友說道。他能看出方文傑的家庭條件不錯，雖然接下這份家教肯定能撈不少錢，但他也知道，越是這種條件好的家庭，家長越是看重學校名氣，所以他這種學校排名弱一點的就只能婉拒了，省得到時候被人家家長掃地出門。

「不回家？那正好！鍾言你寒假期間就不用再去接其他家教的工作了，放心，我媽付錢絕對慷慨！」

方文傑這話沒說錯，他媽對家教確實很慷慨，除了簽合約時商談好的酬勞外，還有時不時給出的紅包，紅包裡的錢也絕對不會比合約上的酬勞少多少，這也是方文傑看那些家教很不順眼的原因之一，沒教出成果還有臉拿紅包？所以方文傑對那些家教找碴也有了藉口，上一個家教就是被他直接罵走的，畢竟知識分子大多臉皮薄。

鄭歎覺得，方家的人表面上看起來一個個不可靠得很，但事實上並非如此，方邵康就是一個極好的例子。而作為方邵康的親姪子，鄭歎也不認為方文傑是個愚笨的人。

就拿請家教這件事來說，方文傑並不是衝動之下才發出的邀請，所謂看鍾言他們順眼自然是原因之一，另外就是，剛才他們聊天的時候，方文傑看似隨意腦子發熱的抱怨中還夾帶著幾個問題，這幾個問題都被鍾言解決了，以簡單直白更容易理解的方式講出來，這讓方文傑很滿意。

方文傑從來不覺得自己笨，他覺得很難聽懂前面那幾個「高級家教」講的東西，主要是那些人每次開口都是大批大批的專業術語，講直白點像是掉面子似的，通俗點會死嗎？高雅和低俗就真的那麼涇渭分明？方文傑不耐煩聽。

嘿，帶這隻貓出來還真的帶對了！不枉他揹這麼重這麼久的背包。方文傑心裡很高興，這事解決的話，今年寒假也不會生活在黑暗和壓迫中了。

相比起方文傑心裡的暢快，鍾言心裡就複雜多了。他朋友能看出來的，他自然也能想到。他對輔導方文傑還是很有信心的，他知道這人不蠢，只是帶著點叛逆，接下這個工作，他明年的學費、住宿費、生活費都不用擔心。而按照一般情況來講，他原本是沒有這樣的機會，要不是今天碰上那隻貓，跟方文傑說上話，就算他在京大，跑上門自薦也未必能入得了人家的眼，從方文傑提起他以前的家教時眼裡的不屑就能看出來。

瞟了眼旁邊椅子上穿得跟隻北極熊似的、正伸長脖子不知道在看什麼的黑貓，鍾言回想了一下，好像每次遇到這隻貓的時候，自己的運氣都不錯。

他鄉遇故知。

鍾言終於能理解古人將這句放在人生四大樂事的理由，這種心情只有真正到了那種情境才能深刻體會。

就算這裡是首都京城，很多時候鍾言還是會想念家裡那邊，偶然聽到十多年前的《城裡的月光》也會心酸。但每次跟家裡通話卻不怎麼愉快，他已經兩年沒回家了，逢年過節也沒回去，只是打通電話報個平安，然後繼續打工兼職賺學費，學業也重，兩邊都不能放鬆。還沒正式踏足社會，他就覺得雙肩負重。

可以說，他來京城上學的這兩年多來，不太好過。

同學？自然他也遇到過。京城學校多，出門頻繁也遇到過幾次國中或者高中的同學，但關係畢竟不太好，還有兩個高中同學看他這匹黑馬不怎麼順眼，見面後也是冷嘲熱諷，然後大家各奔東西。算不上故知。

黑馬？算是吧。可再大的黑馬也會在人才濟濟的大京城變得平淡無奇。

誰都想著一飛衝天，但真正衝上去的又有幾人？鍾言大學聯考後曾覺得自己會是其中之一，但在遭遇了一些現實打擊後，信心淡了很多。

世界很精采，也很無奈，該怎麼走，跌打撞摔過之後還是繼續怎麼走，將這段走過去了，或許就有個更好的未來。

在書店待了兩個多小時，鄭歎看到好幾個長得不錯的妹子，其中還有三個混血的，以及一個戴著帽子圍巾遮住半張臉的明星，只不過那明星在被人認出來時就迅速跑了，等店裡人追出去已經見不著人。

方文傑看看時間，叫回方萌萌，拉著鍾言和他朋友一起去吃飯。

◆◇◆◇◆◇◆◇◆

目標餐廳是一棟建築風格比較復古的建築，就像古代的酒樓，外面還掛著大紅燈籠。往門口走的時候，側面有人從停車場出來。

「小傑子！」

一聲喊讓撒腿往裡奔的方文傑停住，看了過去，立刻笑道：「喲，禽獸哥，你什麼時候回京城的？」

「前兩天，來這邊有事。」說著秦濤掏出一直響著的電話，「到了到了，催魂呢你們！趕緊先點菜。餓死了……」

秦濤正說著，一抬頭發現前面從方文傑背後的背包裡露出來的貓頭，一句話沒說完就卡住了，愣了幾秒才因為手機裡的吼叫聲回過神來，也不理會電話那邊的催促，而是道：「二傻，快過來看北極貓！」

鄭歎原本窩在背包裡，聽到秦濤的聲音才從背包裡露出頭，結果剛伸出頭還想著這傢伙怎麼會在這裡，就聽到秦濤後面的那句話了。

不管什麼時候、什麼地方，秦濤這人總是一副傻蛋樣，吃啥藥都吃不好。

兩分鐘後，秦濤和二毛兩人在酒樓門口「哈哈哈」笑得腰都直不起來，門口來往的人像看神經病似的看著這兩個人……不對，是這三個人。還有一個人跟二毛一起從酒樓裡面出來的，鄭歎不認識，看起來跟二毛和秦濤的關係不錯。

方文傑就算臉皮再厚，被來往那麼多人用詭異的眼神盯著，也忍不住害臊，道行遠比不上二毛和秦濤。至於方萌萌，早在秦濤「哈哈」開始笑的時候退了好幾步，與方文傑分開點，眼神瞟向其他地方，以示她跟這幾個笨蛋不是一起的。鍾言和他朋友則有些尷尬，不知道該怎麼反應，臉皮子還沒磨出來。

秦濤和二毛來京城就是為了參加朋友的婚禮，他們提前兩天來這邊聚聚，沒想到今天一出來就碰上鄭歎幾個，還看到鄭歎裹著一件與本身風格嚴重不搭的外套。

「我說黑煤炭，你怎麼搞成這副樣子？」二毛說著伸手揪了揪那件北極熊帽子上的熊耳朵，另一隻手拿手機拍了幾張照片，到時候回去給老婆看，也跟著樂一樂。嗯，到時候也買點新衣服給黑米。

鄭歎理都懶得理這兩個傢伙，不過心裡奇怪，二毛就算了，秦濤是怎麼一眼就認出自己的？他正想著，就聽秦濤很驚訝的說：「啊？這貓真是黑碳啊？」

鄭歎：「……」敢情自己高估了這人的眼力。

二毛發簡訊的動作一頓，「沒認出來那你剛才笑什麼？」

他笑是因為早習慣了這隻黑貓總一副嚴肅正經的樣子，在楚華市的時候除了小背心，也沒見這貓穿啥，今天猛一看到這身裝扮二毛就忍不住笑了，就好像見到一個壯漢穿著娃娃裝的感覺似的，反差太大。

「我就覺得這貓樣子挺蠢，明明是黑臉居然還穿一身白的。」秦濤說道。

一想到眼前這隻貓就是楚華市的那隻黑貓，剛停下來的秦濤又開始樂了。

之後聽方文傑說鄭歎來京城這邊拍紀錄片，二毛和秦濤都很詫異，同時也表示到時候一定去支持順便多做推廣。

不光是秦濤和二毛，在一旁的鍾言也聽到了，他想著到時候片子上映後去學校以及周邊幾所學校的論壇逛一圈，多宣傳宣傳，這些大學的論壇還挺熱門的，相信效果應該不錯。

片子還沒出來，楊逸和小郭也還沒開始宣傳，廣告就已經打出去了。雖然紀錄片很少有像電影、電視劇那種明星效應，也很少會去炒作，拍攝的也沒幾個人能被觀眾認出來，更多的是無名人士，但是估計楊逸也不會想到鄭歎走這一趟所帶來的廣告效果。

似乎終於知道自己丟人了，一行人總算走進了酒樓。

二毛本想讓方文傑不用另外開包廂，大家就在同間包廂一起吃個飯，今天他們那邊也就三個人而已。但二毛想了想，還是沒那樣做，估計湊一起大家的話題不同，聊不到一塊兒去，秦濤肯定會繼續他「男人的氣質跟娶了什麼樣的老婆有直接關聯」的話題，而方文傑估計會繼續吐槽他更年期的班導師。所以，兩邊人還是分開的好，說話無顧忌那樣才盡興。

進到酒樓裡，雙方分開時，二毛還把鄭歎叫過去說了幾句話。

鄭歎剛才被嘲笑的氣還沒消，對二毛也沒什麼好臉色，但聽到二毛說的話之後，鄭歎難得正經了一下。

二毛告訴鄭歎，他昨天出去的時候看到了阿午，聽說了一些事，事情也是關於貓的。

不是二毛提起，鄭歎差點就忘了以前那個叫阿午的馴貓師了。

大概是因為京城明年預定要舉辦一連串的活動，有關部門加快了一些刑事案件的偵查，以及那些潛在的有威脅的人物，阿午來京城後不知道透過什麼管道，被人招過去協助調查和抓捕，沒想到那些貓還真立了不少功。

以尋常人的思維，大白天或者夜裡見到一隻貓也不會往更深一層去想，緝毒、消防、搜救、追凶等等方面，被人熟知的也只有狗而已，誰會想到貓？於是，嫌犯被抓的時候還不知道自己到底哪裡出岔子而暴露了。

二毛只是提醒一下，他並不認為鄭歎會參與進去，也算是提個醒，別到時候被人唬騙，被人下套當槍使，尤其是別被那個叫什麼「阿午」的騙走了。這裡可不是楚華市，沒人罩著鄭歎，出了事也未必能及時找人幫忙，畢竟只是一隻貓而已，沒有人權，也不受到法律保護，死了也是白死，若真的出事了，焦家的人估計會哭暈在廁所。

這種事情方萌萌和方文傑肯定沒聽過，要不是今天恰巧碰上二毛，鄭歎也不會知道。不過，就算現在鄭歎知道了，也不覺得自己會與阿午那些人有什麼牽連，而且來到京城這些日子，也沒見到眼熟的貓或者其他可疑的人——當然，這也可能是鄭歎自己沒去多注意的原因。況且，再過兩、三天就有人會送他回楚華市，回到楚華市能找的人就多了，出啥事也有人罩著。

這麼想想，鄭歎剛懸起的心就放下了，才兩、三天而已，安安分分的，不好奇不手癢不多管閒事，吃飽喝足睡睡就過去了。

二毛跟鄭歎說這事的時候並沒有讓其他人聽到，而其他人更不會想到二毛竟然會跟一隻貓說這些，所以也沒多問。

和二毛預料的一樣，方文傑在包廂裡一個勁的吐槽他的班導師，然後將其他科目的老師挨個拿出來說，順眼的、不順眼的，總能扯出一大推理由。如果二毛和秦濤在這裡的話，方文傑未必會將那些話都說出來，因為他不確定那兩人會不會轉身就去他爸那裡告密。

鍾言和他朋友就在旁邊聽，而方萌萌早已習慣了方文傑的這些話，面不改色的專注吃飯，同時夾點菜放到鄭歎的碟子裡。

養大米的時候，方萌萌看過不少專業書，哪些能吃、哪些東西最好不要餵食等等都記得，可是她爸也說了，這隻黑貓比較特別，不能以常理論之。猶豫過後，方萌萌還是按照自己老爸的說法，直接夾菜。

關係總是能在酒桌上突飛猛進，一頓飯下來，方文傑已經和鍾言他們熟悉了很多，鍾言兩人言語之間也隨意起來了。

飯後三人交換聯絡方式，方文傑說讓人送鍾言兩人，被鍾言拒絕了，他們坐公車就行，現在時候還早，有直達的公車。

二毛他們還在吃飯，吃完後再去尋歡作樂，當然，太出格的事情他們現在也不敢做，一個已婚，一個即將結婚，還有一個秦濤則在改邪歸正期。方文傑離開前過去打招呼的時候，那三人正喝得興起，估計在聊什麼未成年人不宜的話題，方文傑沒說兩句話就被推出門了。

接送方萌萌和方文傑的司機接到電話後很快過來。

◆◇◆◇◆◇◆◇◆

夜裡很涼，但車裡很暖。

鄭歎靠著窗，扒在窗戶旁邊看著外面的夜景。

很多地方都打著明年即將舉辦的某大型賽事的看板，川流不息的車輛、形形色色的人，隨著車子的行駛一晃而過，讓鄭歎來不及去多看，就算剛才看到個身材高䠷的外國美女也來不及多看幾秒。

大概是今晚吃得太飽，胃、腸部位的消化吸收太活躍，頭部和四肢的血液量減少，大腦供血不足，再加上車裡的暖意，讓鄭歎昏昏欲睡。旁邊方文傑已經睡著，方萌萌也打著哈欠。

遇上紅燈，車停下來。

又打了個哈欠之後，鄭歎往外瞟了一眼。

——咦？！

鄭歎立起身貼著車窗往外瞧。

在離他們這輛車三公尺遠處，靠人行道那邊有一排石墩，此刻，其中一個石墩上正蹲著一隻貓，一隻白身黑尾的貓。

這種毛色的貓世界上有很多，但鄭歎還是能一眼確定這就是以前在阿午身邊見到過的那隻，記得好像是叫桂圓還是什麼的。

車窗上貼著膜，外面看不到車裡的人影，桂圓自然也看不到鄭歎。

記得以前這隻貓周圍還有另外兩隻貓的，叫蓮子和八寶。不過，等鄭歎貼著車窗仔細往周圍瞧，尋找著另外兩隻貓的身影時，車動了，很快便見不到桂圓的身影。

車窗上的涼意讓鄭歎清醒不少，根據二毛透露的資訊，鄭歎猜測著桂圓牠們究竟在做些什麼。緝毒？追凶？還真有可能。以前遇到的時候，那三隻就被馴得差不多了，做點類似的事情也說得過去。鄭歎自己還參加過類似的行動呢。

不管牠們在做些什麼，鄭歎覺得那與自己都沒關係，再過兩、三天就打道回楚華，京城的事情與他無關。所以，很快鄭歎就將這些事情拋腦後。

司機先將方文傑送回家，然後送方萌萌和鄭歎回去。

到方萌萌她家的時候，鄭歎看到大米正在外面跑著。在大米前面，一隻穿著小棉襖的哈巴狗正夾著尾巴亂竄。

聽到車子聲音之後，大米才往這邊跑過來，不再去追那隻哈巴狗。

那隻哈巴狗又朝這邊叫了幾聲，虛張聲勢，大米往那邊走兩步，那狗就立刻跑遠點，等大米停下，牠再繼續叫。

「大米，你又欺負牠了！」方萌萌將跑過來的大米抱起。

鄭歎看得清楚，大米的爪子間還夾著狗毛。看來大米其實也頗為凶悍，這點跟牠爹一樣，打起架來肯定是一把好手。

不得不感慨，這一家子的基因真剽悍！

第七章

黑碳與大米聯手救人

一到年底，方邵康就特別忙，平時雖然也忙，但每個星期他仍會抽出一天放鬆一下，現在則壓根沒時間了，連跟方萌萌打電話的時候都是匆匆忙忙的。方邵康安排好了人送鄭歎回楚華，具體日期也確定了，卻因為臨時一些事務，比原本預計的時間又後移了兩天。不過，兩天而已，鄭歎等得起。

鄭歎趴在沙發上打了個哈欠，看著日曆上的日期，心想：嗯，還好，後天就能回去了。

這幾天鄭歎都窩在室內吃了睡、睡了吃，沒出門，一個是外面太冷，另一個就是二毛所說的那些事了。因此，鄭歎直接在室內犯懶，以避免碰到麻煩事。

下午方萌萌放學回家，吃完晚飯跟她媽說了聲就出門了，她學校有個模型比賽，最近在跟班上兩個同學商量著辦法。方萌萌那兩個同學也住在這片別墅區，離得近，組成一個小組商量事情也方便。

大米跟著方萌萌出門，每天回來大米爪子上總會夾著幾根短短的狗毛，鄭歎那天晚上見到的那隻被大米追著跑的哈巴狗，就是大米的欺負對象。

「黑碳，一起出去吧，該活動活動了，你看你這幾天胖了一圈。」方萌萌出門之前看向沙發上的鄭歎說道。

——胖了？有嗎？是肌肉吧？

鄭歎低頭看了看，沒覺得胖了，不過，跟拍紀錄片的那段日子相比，確實長好了一點。主要是拍紀錄片那幾天比較累，後面又跟著拍攝組到處跑，清減了些，結束拍攝後在方萌萌家裡啥事都不用幹只顧著吃睡，掉去的肉立刻又長回來了。

不過，沒怎麼活動倒是真的。

想了想，鄭歎決定還是跟著方萌萌和大米出去走一圈，就當消食了，只在這片別墅區溜達，應該沒什麼事，順便看看這些小孩子們怎麼做模型。

這次沒再穿著那身被二毛和秦濤嘲笑過的北極熊裝扮，反正不是出遠門，就在附近的話，鄭歎也不想再穿那身衣服了，不然又會被其他人笑話。

出門之後，室內外的溫差讓鄭歎不禁抖了抖，再看看旁邊一點都沒受影響的大米，鄭歎心裡嘆氣，沒辦法，這個羨慕不來。相比起夏天，冬天的大米身上的毛明顯厚了很多，本來就比其他貓壯很多，現在看上去更壯實了，武力值也強，難怪這片住宅區有幾隻貓看到大米就打飛腳跑，估計都是被欺負過的。

方萌萌裹了裹圍巾，帶著鄭歎和大米往同學家走去。走了不到五分鐘，來到一棟歐式風格的別墅前，方萌萌並沒有去按門鈴，而是站在下方喊。

「褚萊雅！」

鄭歎第一次聽到這名字的時候，還以為是叫別人「出來呀」呢！後來才知道是個混血小丫頭的名字，是方萌萌的同學兼模型小組組員之一。

方萌萌在下面喊了兩聲之後，褚萊雅提著一個小包出來。

「咦？這隻黑貓是誰家的？」褚萊雅看著站在方萌萌和大米旁邊的鄭歎問道。

「我爸朋友家的貓，我家大米的……嗯，長輩。」

「長輩」這詞是方萌萌在跟自家老爸打電話的時候聽他說的，所以後來向人介紹鄭歎時，方萌萌都會加上這麼一句。

「長輩？」褚萊雅一邊走一邊好奇的又看了鄭歎幾眼，「可是牠長得沒大米高。」

鄭歎：「……」感覺胸口中了一劍。

「牠們兩個沒有血緣關係，品種不同，這個不能比的。」方萌萌解釋道。

「哦，也是。」褚萊雅點頭，沒再給鄭歎補刀。

兩人沿著路走了約莫十分鐘，來到一棟別墅前，這次方萌萌沒有直接在下面喊話，而是和褚萊雅一起走到門前按門鈴。

「汪汪汪汪汪！」

因為門鈴響，裡面的狗叫了起來，聽聲音鄭歎就知道是那隻總被大米欺負的哈巴狗。

很快門被打開，一個跟方萌萌和褚萊雅差不多大的小子打開了門，嘴裡還叼著塊餅乾。

這應該就是方萌萌他們小組的另外一人了，叫侯軍毅。

「來晚啦。」

侯軍毅打開門，在他開門的時候，他家的哈巴狗毛豆就已經湊到門前了，但看到大米進門，又立刻跑開，然後躲在侯軍毅身邊朝大米吼叫。

三人早已習慣了這一貓一狗的相處方式。說起來，這兩隻也算是青梅竹馬了，從小鬥到大，毛豆也從小被大米欺負到大。別看大米總對著毛豆凶，若是毛豆跟其他狗或貓打架，大米絕對會衝過去幫毛豆。

「猴子你家毛豆真是屢戰屢敗，屢敗屢戰。」方萌萌笑道。

侯軍毅的外號叫「猴子」，這個姓氏給他惹了不少麻煩，外號只是其中一個小麻煩罷了。聽到方萌萌的話，侯軍毅「哼」了聲，沒對這話發表意見。

「咦，有隻黑貓！」侯軍毅看到鄭歎後驚道。他對貓的印象只有兩個：看到狗就跑的類型，以及看到狗就幹架的類型。

鄭歎算是個侯軍毅見到的特例了，對毛豆不理會也不鬥爭，像是壓根對毛豆沒興趣的樣子。

方萌萌再次簡單解釋了一下鄭歎的來歷。

侯軍毅家有一間專門為他整理出來的「工作房」，方萌萌三人就在這間「工作房」裡設計他們的作品。

鄭歎在旁邊看著這三個孩子做手工模型，大米和毛豆已經滿屋子亂竄了，侯軍毅的爸媽也沒說什麼，早就習慣了這樣。

三人忙活了一個小時之後，中場休息。侯軍毅的媽媽端進來一疊甜點，以及一些小零食。三個孩子聊著聊著就聊到電視劇，說起自己喜歡的明星。

侯軍毅對方萌萌和褚萊雅說的那幾個明星一點都不感興趣，他並不是追星族，而是更崇拜工學方面的一些大人物——他爺爺是工程院的人，爸爸也是這方面的人才，從小接觸到的事情讓他對這個領域的東西更感興趣。至於追星，有個毛好追的？

鄭歎撇嘴，這小子毛都沒長齊，自然不知道某些女明星以及某XX界的女優為什麼那麼受男人們的歡迎；至於方萌萌和褚萊雅提到的那些男明星，嘁，鄭歎表示只對豔照之類的感興趣。

因為侯軍毅的面部表情太明顯，方萌萌說了幾個偶像明星的名字後，問侯軍毅：「你這什麼表情？不喜歡他們嗎？」

「不喜歡！」侯軍毅肯定道。

「嫉妒心強的男人最醜惡了！」褚萊雅嗤道。

鄭歎：「……」這話從一個比小柚子還小的丫頭片子嘴裡說出來，怎麼感覺忒彆扭呢？

侯軍毅臉憋得通紅，「我才沒嫉妒！他們本來就沒什麼好崇拜的……就像隔壁的那個什麼瀟的，看著就不順眼！」

「瀟？」方萌萌和褚萊雅同時看向侯軍毅，「你們家隔壁不是開公司的嗎？」

「不是，那多久的事情了，房子三年前就轉給了那個什麼瀟。」侯軍毅說道。

「到底什麼瀟啊？」

「……公子瀟還是什麼的吧。」侯軍毅想了想，說道。

「公子瀟？！」

鄭歎覺得這兩個小丫頭在聽到「公子瀟」的時候眼睛都開始放光，讓鄭歎和侯軍毅都忍不住往後挪了挪。

知道公子瀟就住在隔壁，難得今天還可能在家，兩個小丫頭忍不住了，立刻起身，模型什麼的明天再說吧，公子瀟可不是那麼好碰上的，要不然這三年來她們也不會不知道公子瀟就住侯軍毅隔壁。

兩人數落著侯軍毅不夠義氣，人家公子瀟都住這裡三年了，他到現在才說出來。侯軍毅也覺得委屈，他又不喜歡那些明星，再說那個什麼公子瀟的也經常不在家，今天還是他出門遛狗的時候恰好看到而已。

兩個小丫頭要去拜訪公子瀟，滿臉不爽的侯軍毅被拉著一起過去。鄭歎也跟著他們走了。

說到公子瀟，鄭歎對這人還挺熟悉。這人是近兩年紅起來的，「公子瀟」是這人演過的一個角色名，再加上這人名字中本來也有個「瀟」字，後來便被粉絲們稱為「公子瀟」。

這人拍了幾部不錯的連續劇，有古裝的，有現代的，在焦家的時候鄭歎還和焦媽一起看過這位公子瀟演的電視劇。從以往演的電視劇角色以及娛樂公關方面的打理和宣傳，很多人覺得這位公子瀟是個長得好、性格好、體貼人、為人幽默又討人喜歡的英俊小生，可以這麼說，粉絲從八歲的小丫頭到八十歲的老太太都有。今年上半年播映的那部很紅的古裝劇就有這位，焦媽每天晚上洗碗掃地之後就會坐在沙發上盯著電視機等候。

既然這兩個小孩要去討簽名，鄭歎琢磨著有機會也要一張，回楚華市後給焦媽，雖然焦媽也過了那個狂熱追星的年紀，但一份喜愛的明星簽名肯定會讓焦媽高興很久。難得來京城一趟，也算是不枉此行。

其實鄭歎覺得，像方萌萌這類人要簽名照什麼的，只是她爸一句話的事情。不過顯然，現在這些孩子們或許還沒意識到這個。

◆◇◆◇◆◇◆◇◆

下樓的時候，侯軍毅的爸爸見三人要出門，問了問：「出去啊？」

「嗯，出去一下，待會兒順便送她們回家。」侯軍毅說道。

侯軍毅他爸點點頭，也不再多說，只提了句：「大晚上的別走遠。」

「知道啦！」

找偶像明星要簽名照這種丟臉的事情，侯軍毅實在不想跟爸媽說。

毛豆見小主人出門，立刻在門關嚴實之前擠了出去，大米動作也快，比毛豆還先一步。

三人兩貓一狗站在公子瀟的家門口，侯軍毅被推上前去按門鈴。看樓上有一間房亮著燈，家裡是有人的。

等了一分鐘，沒聽到屋子裡面的動靜，再按，還是沒人來開門，侯軍毅轉身本來準備讓兩人放棄，但看到兩人眼裡的失望，又硬著頭皮按了一會兒門鈴。

在方萌萌打算放棄的時候，門開了。開門的是一個二十多歲長相不錯的年輕人，穿著一套運動衫，額頭還有點汗，像是剛做完運動的樣子。

不錯，是公子瀟，鄭歎在電視上見過這張臉。

公子瀟看到門口的三個小孩時，臉上表現出了意外之色，得知方萌萌他們過來的目的，公子瀟將三人叫進屋裡。外面太冷，而且三個小孩身上也沒帶照片和海報等東西，看著兩個小丫頭執著的樣子，公子瀟就算心裡不耐煩，臉上也表現出一副和善親近的樣子。

只是，在看到跟著進門的一隻狗兩隻貓時，公子瀟腳步一頓，眉頭皺了皺。

「那個，公子瀟你是不是不喜歡貓狗啊？」方萌萌小心的問道。

公子瀟眉頭舒展，擺擺手道：「並不是。以前有個朋友帶狗來過，不過那隻狗太調皮，一個小時不到毀了我一張沙發、幾個道具、加一本劇本，不過，沒關係的。」

「嗯，我家大米很聽話，絕對不會惹禍，我也會看好牠，不讓牠給你添麻煩。」方萌萌趕緊保證道。

「我家毛豆也是！」侯軍毅將正到處嗅著的毛豆叫到身邊，生怕一個不小心惹麻煩了。

鄭歎剛才一直在注意這位公子瀟，他曾聽人說過，一個演技高超的演員，氣質總是多變的，因為要適應不同劇中的角色，生活中甚至隨時都在演戲與人飆演技。所以，出於好奇，鄭歎很冷靜地觀察著這個頗受女性喜愛的明星。

或許壓根想不到會被一隻貓仔細觀察，公子瀟剛才藏得很好沒被三個小孩看到的眼神，卻被鄭歎抓住了。

在三個小孩看不到的角度，公子瀟見到鄭歎、大米和毛豆時，眼裡有一閃而過的戾氣，鄭歎對這個很敏感，不會懷疑自己的眼力。看來這位公子瀟的性情並不像表現出來的那麼和善，只是在人前裝得很好而已。

鄭歎撇撇嘴，心裡不屑的喊了一聲：這人明明不喜歡貓狗，還找藉口。

無所謂，鄭歎又不喜歡這明星，再渣的性格也與他無關。就是不知道某一天這位的真性情被爆出來的話，多少女粉絲會傷心。

「平時這裡也沒什麼人過來，所以只有紅茶和白開水，當然，也有酒，但是你們還小，不能喝那個。」

公子瀟泡了三杯紅茶遞給三人。

「這個就好，謝謝。」褚萊雅說道。

「這麼晚過來打擾實在不好意思。」現在冷靜下來，方萌萌兩人覺得似乎有些不禮貌。

「沒關係的。難得遇上你們這三個小粉絲，我很高興。」公子瀟笑著道，同時從一個抽屜裡拿出了三張照片，簽上名遞過去。

兩個小丫頭很高興的收好。至於侯軍毅，這孩子將照片又推回去，很認真的說道：「謝謝你的慷慨，但是很抱歉，我不是你的腦殘粉。」

方萌萌、褚萊雅、公子瀟：「……」

這孩子直白得讓人想揍。

鄭歎發現公子瀟的眼角抽了一下。

一般混出頭的明星很多都知道忍耐，這也是明星的不易之處，有委屈、有憤怒也得忍著，竭力在人前表現出自己最美好的一面。所以，公子瀟臉上一點都看不出尷尬和生氣的樣子。

雖然有侯軍毅這個破壞氣氛的人在，但一點都沒降低兩個小丫頭的熱情，得知剛才公子瀟在房裡鍛鍊所以才沒聽到門鈴，出來喝水聽到了，然後才過去開門，兩個小丫頭在門外哆嗦著等了那麼久的怨氣一點都沒了。

「原來是在鍛鍊啊，聽說演員都要保持身材，你真的有八塊腹肌嗎？」

「你真的會開戰鬥機嗎？」

「你拍武打戲真的不用替身嗎？」

對於這一連串的問題，公子瀟並沒有表現得不耐煩，依舊是一副溫和的樣子一一解答。粉絲的圍追堵截給明星們帶來不少麻煩，但如果沒有粉絲的圍堵，估計這明星的名氣也不怎麼樣。所以，這就是傳說中的「痛並快樂著」？

侯軍毅看了看方萌萌兩人，搖搖頭，實在無法理解，這兩個腦殘粉現在的智商直線下降到負數了，還戰鬥機？扯淡呢！電視上的也能信？

「對了，公子瀟，聽說你下部片子是關於都市殭屍的，我看過那裡面的造型，好酷啊！」褚萊雅紅著臉道。

那邊三人在談論今年寒假即將上映的公子瀟主演的新片，而侯軍毅咳了一下，打算顯示自己的存在感。

「其實，所謂的吸血鬼和殭屍是不存在的，都是根據紫質症（注：得病後患者會畏懼紫外線的病症）而幻想改編出來的故事，吸血吃人肉怕光照什麼的，前段日子有部片子不就拍了嘛，一個紫質症患者冰箱裡藏滿了人的內臟。」說著還往旁邊的冰箱瞟了一眼。

方萌萌、褚萊雅、公子瀟：「……」

鄭歎發現公子瀟的眼角又抽了一下。

公子瀟沉默了幾秒，然後笑了笑，起身走到一旁的冰箱前，拉開大大的雙門冰箱，「我這裡可沒有那些恐怖的東西。」

冰箱裡並沒有多少東西，冷藏室那裡只有一些看起來還很新鮮的水果。

在公子瀟拿出水果給三人，關上冰箱門轉過身的時候，侯軍毅又說話了。

「有沒有聽說過冰箱哲學？垃圾桶和冰箱能反映出一個人的生活態度，存放的東西和擺設能夠看出這個人的性格。所以，根據我的推斷，公子瀟是不自己做飯的。」

褚萊雅立刻為偶像辯解：「公子瀟那麼忙，沒有時間做飯情有可原，而且有句話說得好，公子遠庖廚！」

「是『君子遠庖廚』，而且它的意思也不是說不做飯，這句話主要是為了表達不忍見到殺生才不進廚房。所以我爸說，說這種話的人都是虛偽的、沒責任感的偽君子，吃著碗裡的肉還嫌別人殘忍。」

方萌萌、褚萊雅、公子瀟：「……」

這句話任誰聽起來都像是在罵公子瀟虛偽、沒責任感。

方萌萌和褚萊雅恨不得上去踹侯軍毅兩腳，真後悔拉侯軍毅過來，讓她們在偶像面前丟臉了，第一次過來拜訪就給人留下了不好的印象。

鄭歎彷彿看到了東教職員社區裡的那幫麻煩孩子，如果侯軍毅住在東教職員社區的話，相信能夠和焦遠、蘇安他們相處得很不錯

「死理科男！」褚萊雅嘟囔道。

「妳錯了，我更偏向工科方面，理科和工科是不一樣的。」侯軍毅糾正道。

鄭歎看到公子瀟垂著眼，右手拇指和食指相互摩挲著，不知道在想什麼，估計是這位公子瀟因為侯軍毅的話心裡不爽快吧。

「看來我以後要多學學做菜了。」公子瀟抬頭對三人笑著道，「侯小朋友懂的東西很多，觀察力也很強嘛。」

不知道是不是自己多心了，鄭歎總覺得公子瀟後面這句話說得有些意味深長。屋裡有暖氣，但鄭歎卻突然感覺有點冷。

侯軍毅小朋友還挺得意，看了周圍一眼，指著不遠處的落地窗，「那個是調光玻璃嗎？」

「是的，侯小朋友這個都知道，真讓人意外。」公子瀟語氣隨和的說道。

鄭歎覺得更冷了。有些莫名其妙，總覺得氣氛不怎麼對勁，但看著三個小孩還是老樣子，鄭歎猜想是不是自己多心了，疑神疑鬼的。

看看周圍，不遠處的一個陳列架上放著一些大小不等的物品，聽說都是粉絲送的，有公仔、水晶物品、紀念衫等等。鄭歎跳上陳列架，看到了一個很像阿黃的貓玩具，湊近點看，上面還貼著一張小紙條，粉絲寄語。

網路上曾經公開過一張關於這個陳列架的照片，讓粉絲們對公子瀟的忠誠度更高了，畢竟這也顯示了偶像對他們的重視。

正看著，鄭歎聽到公子瀟跟方萌萌她們談起了貓，說得還挺專業。

「因為一年到頭在家的時間很少，所以也沒養貓狗等寵物。對了，昨天我看到我家院牆上有一隻狸花貓呢，不過我給食物牠沒吃。哦，還有一隻，上週我回家時見過，身上白色、尾巴黑色的貓，不過我一靠近牠就跑了。」公子瀟說道。

方萌萌皺眉，想了想，「我家周圍沒見過那樣的貓，不知道是誰家的，到時候找出來跟大米做朋友……」

「啪！」

方萌萌的話還沒說完，就聽到陳列架那邊物品碎裂的聲音，猛地一驚，看過去才發現，陳列架上的一個水晶杯摔到地上碎裂了，而此刻站在陳列架上的，只有一隻黑貓。

「那個！真的非常抱歉，我代黑碳向你賠罪了，我願意賠償！」方萌萌緊張的看著公子瀟，生怕對方因為這個而生鄭歎的氣。同時，她也招呼鄭歎趕緊從陳列架上下來。

沒理會方萌萌的話，鄭歎現在感覺背脊發涼。如果，剛才公子瀟說的那隻狸花貓和白身黑尾的貓是蓮子和桂圓的話，這個公子瀟，很可能有問題！

——剛才不是錯覺！

鄭歎又往公子瀟那邊看了看。沒等他多想，就聽到毛豆的叫聲，剛才那邊四人聊得太專注，並沒注意到從侯軍毅腳邊溜走到處閒逛的毛豆。

聽到毛豆的叫聲，鄭歎敏銳地察覺到公子瀟身上驟然出現的殺氣，而原本乖乖窩在方萌萌旁邊的大米渾身的毛都炸了起來，緊緊盯著公子瀟。

不過三個孩子什麼都沒察覺到，侯軍毅在毛豆開始叫喚的時候就從沙發上起來往聲音傳來的地方跑去，他擔心毛豆在人家家裡搞破壞。

大米這次難得的沒有因為毛豆叫喚而過去湊熱鬧，一直跟在方萌萌腳邊，很是警惕。

鄭歎注意著公子瀟，毛豆叫喚的時候，這人除了一瞬間散發的殺意之外，就立刻恢復成原來的樣子了，不過，右手拇指和食指又開始摩挲著，腳步卻並不怎麼慌亂，眼神也很鎮定，鎮定得讓鄭歎感覺渾身發冷。

方萌萌和褚萊雅一起跟著侯軍毅往那邊跑過去，大米緊跟在方萌萌身邊，公子瀟走在後面。而鄭歎，則位於最後。

剛才因為公子瀟和方萌萌他們的談話而湧起的一股不好的感覺，讓鄭歎陡然一驚，轉身的時候沒注意，將那個水晶杯碰到地上，還沒等鄭歎琢磨著怎麼來應對，毛豆那邊就開始叫了。

為了更好的觀察公子瀟，防止這人突然做出什麼有威脅的事情，鄭歎走在最後面，一直盯著公子瀟。剛才談話時公子瀟說過，屋裡就他一個，那麼最有威脅的人應該就是公子瀟無疑，鄭歎現在要做的就是盯好這個人。

好在公子瀟似乎並沒有將鄭歎放在眼裡，只是注意著跑在前面的三個孩子。

◆◇◆◇◆◇◆◇◆

鄭歎過去的時候看到毛豆在一樓走道那頭，走道盡頭有扇緊閉著的門，那裡的門大概能通往車庫。在那扇門旁邊有個擱置東西的金屬架子，挨著角落放置，此刻毛豆正在架子前吼叫著，好像架子下藏著什麼東西，時不時還用爪子刨兩下。

鄭歎一直注意著公子瀟的神情，在看到毛豆那邊的情況後，公子瀟的眼神閃了閃，右手拇指和食指摩挲著，然後揣進運動外套的衣袋。

見狀，鄭歎心裡一凜，他怕衣袋裡有什麼攻擊性的刀具之類的東西。

「毛豆！」

侯軍毅跑過去，想要將毛豆抱起來，而毛豆對架子下面很執著，在侯軍毅過來抱的時候掙扎了幾下，將架子撞得匡匡響。

「哎呀！老鼠！」褚萊雅驚叫道。

一隻身長十公分左右的老鼠從架子下面探出頭來，在褚萊雅驚叫的時候從她腳邊快速跑過去，然後在她們剛才坐的客廳那邊消失不見，顯然又找地方藏起來了。

「狗拿耗子多管閒事！」褚萊雅拍著小胸脯，剛才那隻老鼠從她腳邊跑過，可把她嚇壞了。

至於毛豆，她們都知道，侯軍毅家的毛豆很喜歡抓耗子，一年內抓到過三隻老鼠，所以侯軍毅曾炫耀說他家毛豆一個頂別人家幾隻貓。不過，就在侯軍毅炫耀的第二天，大米抓了五隻大老鼠橫擺在侯軍毅家門口，把侯軍毅他媽嚇了一跳。

「原來是老鼠啊。」方萌萌放下心來，對公子瀟說了聲抱歉，本來還說要好好看著寵物不讓牠們搗亂的，結果卻接連發生這種搗亂的事情。

「沒關係。」公子瀟笑著說道。他揣進衣袋裡的右手並沒有拿出來。

「喂，猴子，你還站在那裡幹什麼呢？！」方萌萌催促道。

侯軍毅抱著毛豆站在架子旁邊，像傻了似的。聽到方萌萌的話之後，侯軍毅身體一顫，然後才慢慢轉過身來。

很奇怪的是，侯軍毅抱著毛豆轉身的時候，臉色有些蒼白，像是被嚇住的樣子。

「你怎麼了？別怕，雖然毛豆很搗亂，但是公子瀟不會怪你的，你看黑碳摔壞東西他都沒說什麼。」褚萊雅安慰道。

侯軍毅快速看了一眼面帶著微笑的公子瀟，張張嘴想解釋什麼，又閉上，糾結了一下，然後說道：「我想回家！」

褚萊雅看了看手腕上的錶，其實也還好，九點不到，他們平時商討模型都是到九點半之後才回去，她還想在偶像這裡多待會兒呢，難得碰上。

公子瀟笑了笑，剛才跟兩個小丫頭聊天的時候他就知道這三個孩子的作息時間了，而且他們過來並沒有跟家裡人說。

「現在離九點還差十分鐘，這樣吧，難得你們過來一趟，我送你們一張簽名ＤＶＤ。」公子瀟說道。

褚萊雅和方萌萌眼睛一亮，「是今年獲獎的那部嗎？高解析度噠？」

「以前演的電影ＤＶＤ還有嗎？我們可以買！我有帶錢。」方萌萌說道，「錢不夠的話，刷卡可以嗎？」

「不用，就當是我送妳們的禮物。哦，那些都放在樓上，我帶妳們上去看看吧，看中哪個自己拿。」公子瀟道。

「好～」

看著方萌萌和褚萊雅滿臉期待的跟著公子瀟上樓，侯軍毅糾結了一下，放下毛豆也趕緊跟了過去，他不放心那兩個同伴。在上樓的同時，侯軍毅從口袋裡掏出手機，準備打通電話給家裡，只是等掏出手機後卻發現，手機螢幕上顯示完全沒有信號。

鄭歎跟著公子瀟上樓，同時也等著後面的侯軍毅。所以，方萌萌兩人走進公子瀟說的那個收藏DVD和海報的房間時，鄭歎並沒有進去，就在房門前二樓的走道裡等著侯軍毅。

當侯軍毅叫著方萌萌和褚萊雅的名字、有些驚慌地跑上二樓時，鄭歎聽到砰的一聲，轉頭看過去，發現方萌萌她們剛才進去的房間門關上了，而公子瀟就站在門口，看著跑上樓的侯軍毅。

「你……你想幹什麼？！」侯軍毅看了看那扇關上的房門，緊張的說道。

公子瀟站在那裡，臉上的表情淡淡的，看著侯軍毅道：「能告訴我你剛才發現了什麼嗎？聰明的小同學？」

「你放我們回家！如果九點半我們不能回到家的話，你會有麻煩的！」侯軍毅說道。

這是實話，一般超過九點半三個孩子還沒回到家的話，三家的家長會相互打電話詢問。

公子瀟的臉色冷了下來，「所以，小朋友，你最好乖乖聽話！」

公子瀟朝侯軍毅走過去，他今天沒料到這三個小孩會過來，而且一直執著的按門鈴。開門之前，他也透過監視器和防盜眼看到門外的三人了，至於三隻寵物，或許是角度問題，所以他沒注意到，等開門後才發現。他一直覺得小孩好糊弄，只要防住那隻狗發現什麼就行了，但沒想到姓侯的小子居然懂那麼多，看樣子，那小子發現了什麼。

所以說，有時候，知道得越多，越危險。

看著公子瀟朝自己走過來，侯軍毅將手裡的電話使勁朝對方扔過去，也不看砸中了沒有，轉身就往樓下跑。不知道發生了什麼事的毛豆跟著侯軍毅跑下去。

而公子瀟在側身躲開扔過來的手機後也追了下去。

鄭歎將耳朵貼在房門上仔細聽了聽被關在房間裡的方萌萌兩人的動靜，好像還挺有精神的，暫時應該沒安全問題，便跟著跑下樓，也不知道侯軍毅那小子到底發現了什麼，讓公子瀟直接暴露出來。

之前剛進門時公子瀟表現出的遲疑，皺著眉頭一副為難的樣子，估計是演給三個小孩子看的，為的就是讓他們主動保證看好進來的三隻寵物。

為什麼這人不想見到狗和貓？難道是怕某些見不得光的東西被嗅覺靈敏的寵物發現？

被關在房間裡的方萌萌兩人也意識到不對勁了，門也打不開，唯一的一扇高高的、不大的窗子緊關著，玻璃太硬砸不破，不知道用的是什麼材質。原本透明的窗戶變得像是隔著一層厚厚的濃霧，這就是侯軍毅說過的調光玻璃，能夠變透明，也能夠變得隔絕視線。

最讓兩人抓狂的是，房間裡的燈也全部被關閉了，方萌萌還想試試她爸教她的用燈的開關打出SOS求救信號方法，現在看來也用不上了。

她們的背包還放在一樓客廳裡，手機等物品都沒帶著，能用上的是方萌萌一直隨身攜帶著的鑰匙串，上面有個筆帽大小的迷你手電筒。用這個打SOS信號？似乎有些困難，效果也絕對不會好。

發現砸窗戶砸不破，方萌萌決定改變策略，拿著迷你手電筒找了一圈之後，她將視線放在牆上的百葉通風口，只不過這個通風口還是太小了，她們兩個就算將通風口砸開也未必能擠進去，況且也不知道這個通風口能通向哪裡。

畢竟只是兩個孩子，雖然心裡很害怕，一時也想不出什麼好的辦法，但相比起其他只會哭喊的孩子要好多了。

褚萊雅一邊跟著方萌萌用東西砸那個通風口，一邊叫喊著「救命」，只是屋子外面的人未必能夠聽到她們的叫喊。本來這屋子的隔音效果就很好，再加上，現在屋子外面正放著世界名曲，聲音不大，但正好能夠掩蓋住屋裡傳出來的那點兒輕微的叫聲。

另一邊，跑下樓的侯軍毅想著快點出去叫人來救另外兩個同伴，但下樓後才發現，不論是窗戶還是大門都已經打不開了，巨大的落地窗全部緊閉著，玻璃變得模糊，將室內外隔絕。

侯軍毅又往客廳那邊跑，希望能在那邊找出點什麼能幫忙的東西來，但他心裡太害怕，跑得急，沒注意從大門這邊到客廳那裡還有一道檻，一個趔趄摔倒了，他回頭看了一眼，發現拿著一根高爾夫球桿的公子瀟已經離他只有不到三公尺的距離。

瞳孔驟縮，聰明的大腦一片空白。

公子瀟再往前跨兩步就能抓到給他帶來麻煩的小子了，但就在這時候，他突然感覺背後有誰抓著他的衣服大力往旁邊甩。

太突然了，公子瀟根本想不到背後還能有誰，他所有的注意力都放在地上的侯軍毅和旁邊那隻狗身上，對身後一點防備都沒有。

「砰！」

公子瀟撞在旁邊的牆上，頭也在牆上撞了一下，就在他想回頭看看到底是誰的時候，餘光只瞥見黑影一閃，下一刻，又一股大力襲向腰間！

將公子瀟踹倒之後，鄭歎又踹了兩腳，讓公子瀟一時站不起來，然後在他臉上踩了一腳，跳到旁邊，將那根從公子瀟手上脫離出去的高爾夫球桿朝侯軍毅那邊踢了踢。

毛豆見到鄭歎踹公子瀟，也衝上去對著公子瀟的腿就來了一口。當然，相比起牛壯壯來說，毛豆這已經算是斯文了，不會像牛壯壯咬小偷時咬得那麼血腥。咬了一口之後，這狗估計不太習慣咬人，然後又轉而去啃咬公子瀟的褲腿和鞋子，這樣終於找到點感覺，咬得越來越起勁。

鄭歎跳到旁邊後，見侯軍毅還是一副茫然的樣子，一點反應都沒有，直直盯著鄭歎。鄭歎立刻瞪眼。

——操蛋的，這小子難道嚇傻了嗎？老子都把人踹倒了，球桿也踢過去給你了，你這小子倒是把球桿撿起來對著敵人敲啊！不知道什麼叫趁你病要你命嗎？沒打過架是吧？！

鄭歎打死也不會想到，在他踹公子瀟的時候，侯軍毅腦海裡面直接浮現出的並不是疑惑也不是「得救了」，更不是鄭歎所想的因為害怕而直接嚇傻了，而是一幅力的分解圖，並且還根據公子瀟受力後的反應和動作，推測出了鄭歎幾次所用的力的大致大小……正因為這樣，侯軍毅才會直接愣住，因為得出的結果不符合常理。

一隻貓，怎麼會有這麼大的力氣？！

並且在推測計算了一次之後，他又重新計算了兩次，三次算出來的結果都是一樣的。

難以置信，瞠目結舌，侯軍毅小朋友此刻心裡的羊駝駝正撒蹄子群奔。

如果鄭歎知道侯軍毅這小子腦子裡剛才想著的東西的話，絕對會直接跑上去踹兩腳——天殺的，這麼緊張的時候這小子他媽的居然還有時間做物理力學分析！學傻了吧這是？！

不過，很快侯軍毅也在毛豆的吼叫聲中反應過來了，看了看掙扎幾次都沒站起來的公子瀟，侯軍毅顫抖著手將腳邊的高爾夫球桿撿起來，在公子瀟紅著眼看過來的時候，咬牙一揮桿。

「砰！」

大明星頭上挨了一桿，很悲劇的暈過去了。

見狀，侯軍毅心裡很害怕，他怕把人敲死了，等了一會兒沒見躺地上的人反應，便哆哆嗦嗦的湊上去，手指放在公子瀟的手腕上脈搏處摸了摸，然後長吁一口氣。還好，只是暈過去了，沒出人命就好，他這應該算是正當防衛吧？

毛豆依然咬著公子瀟的褲腿搖擺著腦袋撕扯，喉嚨裡發出低沉的嗚嗚聲，以報剛才公子瀟踹牠的那幾腳。不過現在牠咬褲腿也沒啥攻擊力，怎麼扯也沒人再踹牠。

公子瀟的昏迷暫時讓氣氛緩和了些，讓侯軍毅一直緊繃著的神經鬆弛了些許，但一想到自己剛才在一樓走道那頭見到的、推測到的，心裡就擔心，特別想離開這鬼地方。

鄭歎沒理會侯軍毅的糾結情緒，見侯軍毅將人敲暈之後，滿意的點點頭，跳起來對著公子瀟那張吸引了無數少女和婦女的臉又踩了一腳，見這人確實沒反應、是真的昏過去了，才湊近，伸爪子在公子瀟的口袋裡掏了掏。

他之前就很疑惑公子瀟口袋裡到底有什麼，為何手一直放在裡面，現在掏出來才發現是個不大的類似遙控器的東西。難道是控制這棟屋子的某些功能的按鈕？比如窗戶、門之類什麼的，很多有錢人家裡都開始搞智慧化，鄭歎以前還是人的時候也見過一些人家裡採用這樣的智慧化設計，公子瀟這裡大概也是類似的吧？

遙控器上面全是外國文字和一些圖案，鄭歎看不懂，在上面按了兩下也沒發現有什麼異常，便不再理會了。

而旁邊正在喘氣、手還抖著的侯軍毅見到那個遙控器後，眼裡一喜，空出來一隻手將遙控器撿起來。

鄭歎打算上去二樓看看方萌萌她們的情況，腳步一頓，耳朵動了動，仔細分辨著一些聲音，然後跑到巨大的落地窗旁邊，又仔細聽了一下，確定那是大米的叫聲。

叫聲與平時不同，大概很多人都沒聽大米這麼叫過，但鄭歎聽著有種熟悉感，回想了一下，突然想起來大米這種叫聲比較接近曾經黑米召喚貓的那種，雖然叫聲聽起來並不完全相同，但給鄭歎的感覺很相似。

或許，這就是一種從母輩遺傳下來的能力，別人學也學不到，牠們則不用學就會了，像開了掛一樣。自然界總是無奇不有，很多讓人羨慕嫉妒的東西。同時，鄭歎也再次感慨，這一家子的基因真他媽神！

在鄭歎回想的同時，這棟屋子附近的其他住戶只要有養貓的，能夠聽到貓叫聲的家裡，貓都開始有些異常的反應，叫喚著要往外跑。

這是因為二樓方萌萌她們兩人合力將百葉通風口砸了之後，讓大米從通風口出去，方萌萌還把頭上的蝴蝶結拿下來讓大米叼著去找幫手，她看過的電視劇裡都這麼演的。

但事實上，通風口的另一端用東西擱著，大米根本出不去，不過在這裡叫喊的話，外面也能聽到很大的聲音，並不會被正在播放著的音樂掩蓋下去，而叫著叫著，就造成了方萌萌意想不到的效果。

鄭歎站在落地窗前回想了一會兒，然後打算回頭往二樓走。

正在這時候，侯軍毅擺弄著那個遙控器也琢磨出了點東西，按下幾個按鍵之後，原本模糊的落地窗瞬間變得透明，只有一些水氣附著在上面。

鄭歎擦了擦，發現玻璃窗的另一邊活動著幾隻貓，有蓮子、有桂圓，還有很久沒見過的那隻曾經犯案被他打傷、最後卻被阿午帶走的森林貓，看來已經被阿午訓練好了。牠們既然能夠聽到大米的叫聲，顯然一直離這裡也不遠，這便證實了公子瀟這個人確實有問題，而且問題還不小。

除了這幾隻眼熟的貓之外，還有附近住戶家的貓，看上去大多都是一些名貴的貓種，還掛著貓牌，而不管是普通家貓還是名貴貓，此刻都嚎叫著徘徊在這棟屋子周圍。

有這樣的異常現象和動靜，相信附近的人都會往這邊過來，鄭歎已經看到侯軍毅他爸往這邊跑過來了。

◆◇◆◇◆◇◆◇◆

原本侯軍毅的爸爸在門外抽菸，順便也等等侯軍毅，沒想到會聽到大米的聲音，雖然聲音聽著和平時不同，但他們跟大米熟，能從這個聯想到大米，而且聲音就從隔壁的屋子裡傳來。兩家相距還有十來公尺，侯爸爸走到屋邊往院子裡看了看，發現院子裡有好幾隻貓，還有他認識的住在周圍的住戶家裡的其他貓。

很奇怪的現象。

隨即，侯爸爸按了隔壁鄰居家的門鈴，發現沒人開門，意識到有些不對勁，便打電話給侯軍毅，結果那邊一點反應都沒有。於是，侯爸爸聯絡了另外兩家的家長，知道三個孩子一個都沒見到，就直接報警了，負責這片住宅區的保全也趕了過來。

侯軍毅雖然用那個遙控器讓調光玻璃窗變透明，但大門和樓上那個房間的門卻怎麼都找不到正確的按鈕和解決方法，或許還有其他的輸入指令，抓耳撓腮的急了一會兒，聽到玻璃窗那邊的敲擊聲之後抬頭看過去，看到玻璃窗外面的人，一直緊張著的侯軍毅差點大哭出來，對著落地窗一直拍。

隔著一層玻璃，侯爸爸看到兒子的樣子之後相當揪心，也不等警察和保全過來，自己跑回家拿了工具。

鄭歎不知道侯軍毅他爸拿的是什麼工具，他只跟著侯軍毅往後退，找到遮擋物，然後，下一刻就看到落地窗玻璃全部碎了，還沒有爆得到處都是，只掉落在落地窗那塊地方。

等警察和保全趕過來的時候，侯爸爸也已經將二樓的那扇門也用工具切開了。

看了看穿著工作服、戴著手套拿著一套工具的侯爸爸，鄭歎心想：這人太剽悍、太霸氣了！

方萌萌和褚萊雅出來的時候，除了受到些驚嚇之外，健康狀態還好，只有手上磨破了皮，不算大傷。

各家家長陪著安撫，畢竟還只是小孩子，經歷過這些事情之後不知道會不會留下心理陰影，家長們想著要怎麼去掉那些可能對孩子造成負面影響的情緒。

鄭歎看了看周圍，蓮子和桂圓牠們已經不見了，大概阿午就在附近，這邊人一多，就將牠們招了回去。而警察和保全們也不會覺得這些貓能有什麼用，看著牠們離開也沒阻止，住在這一片的人非富即貴，出了這件大事，警察們肯定會很忙，誰還會去注意那些貓？

警車過來的時候動靜很大，昏迷著的公子瀟被帶走。除此之外，鄭歎還看到警察抬出來一個用黑色袋子套著的長條物，鄭歎聞了聞，吹來的風中有淡淡的血腥味。

三個孩子被各自家長陪同著，並沒有看到那邊的情形，這樣也好，不然見到了估計會有更深的心理陰影。

今晚，這片地方的住戶是不能安穩的睡覺了。而接到消息正往這邊趕過來的方三爺，肯定得發飆。

◆◇◆◇◆◇◆◇◆

如果說，這次事情的關鍵是鄭歎出其不意占了先鋒將公子瀟踹倒，那麼，大米的行為就直接加快了這次危機的結束。沒大米在那邊嚎叫，引不起大的動靜，周圍人也未必能夠這麼快的反應過來。

方萌萌抱著大米跟她媽挨一起坐著，鄭歎卻沒有過去，他正在擔憂。

當時只顧著先將公子瀟這個威脅踹掉，沒顧得上藏拙，現在回想起來，鄭歎發覺侯軍毅看自己的眼神很可疑，從屋子裡出來之後，侯軍毅緩過來向一位警察敘述整件事情的時候，還往他這邊瞟了好幾眼。

除了外面正在處理案件的那些警察，三個孩子和家長都暫時在侯軍毅他家待著。為什麼是侯軍毅在這裡敘述？因為三個孩子裡面，現在最先鎮定下來的就是他。

侯軍毅由他爸陪著，將事情講給他們聽，方萌萌和褚萊雅在另外的房間裡休息，所以她們也不會聽到侯軍毅的話。

鄭歎不放心，他往那邊靠近了點，藏在一個櫃子後面，聽著他們談話。

「……當時毛豆發現了老鼠，我過去想把牠拉回來，牠撞到了架子，我看到架子後面的牆上有血跡……不算多，但看顏色不像是很久以前的，比較新，而且，憑牆上的顏色和痕跡能看出以前放在那裡的是一個矮一些、寬一些的物體，架子是後來才移過去的，剛好能擋住牆上的血跡……我還聞到了類似漂白水的氣味……手機也沒有信號……」

侯軍毅說的時候，斷斷續續的，聲音也帶著些顫抖，不過還算清楚。他爸在他背後輕拍著，這安撫了侯軍毅因為敘述而又開始起伏的情緒。不過，在侯軍毅敘述的時候，不管是那位警察還是陪同著的侯爸爸，兩人臉上都抽搐了好幾下。

前者是覺得這小孩知道得太多了，觀察力很強，而且很多成年人都未必能注意到的事情，他卻能發現，簡直不像個孩子。

而後者則覺得，自家孩子在頂著天才光環的同時，腦門上還蓋了個「腦殘」的戳，或許在很多人眼裡侯軍毅就是個腦殘。誠然，他比別人智商高，知道的東西多，但在待人接物方面可以說是幼稚了，有時候說話能把人氣死。侯爸爸不止一次接到學校老師的抱怨電話。

侯軍毅講述得比較詳細，從進公子瀟家的門開始一直到出來，都比較詳細，而侯爸爸正是從這些講述裡看出了很嚴重的問題，雖然他一直覺得等孩子長大了或許會好一點，但現在他不得不將這個問題拿出來解決，不然他怕以後再遇到類似的事情會出岔子。

不過，這其中也有漏掉的細節，不管那位警察和侯爸爸怎麼問，侯軍毅就是不說。比如，鄭歎踹公子瀟的那一段。

鄭歎提著心偷聽著，發現侯軍毅沒將自己供出去，懸著的心才放下些許，之前一直看這小子不順眼，現在發覺，這小子還行。

「爸，我是不是做錯了？」侯軍毅一臉要哭的樣子。他不蠢，回想了一遍，才發覺很多時候都是他自己的原因才讓方萌萌和褚萊雅身陷險境的。

見到侯軍毅的樣子，侯爸爸也不再多問了，朝那位警察揮揮手，示意那警察可以走了，然後開始安慰侯軍毅。畢竟，他還只是個孩子，你不可能要求他面面俱到。至於那些問題，侯爸爸決定還是徐徐圖之，先將眼下的事情解決掉比較要緊。

方邵康是第二天大清早到的，接到電話的時候在外地忙著，知道後就買了最近的一班機票飛回來。鄭歎看他的樣子，這次真怒了。

從事發到現在，並沒有人過來找鄭歎，但這或許只是暫時的，也有侯軍毅一直沒供出鄭歎的原因在內。鄭歎一直回想著二毛的話，昨晚阿午就在周圍，應該能發現自己。

雖然侯軍毅沒把鄭歎說出去，但公子瀟還在，他身上的傷也還在，真要追究起來，未必不會聯想到鄭歎身上。

不過，在得到方邵康一句保證的話之後，鄭歎就放心了。這邊的事情就交給方邵康，而為了避免一些其他的問題，方邵康決定讓童慶提前一天送鄭歎回楚華市。這也是鄭歎樂意的，留在這裡總是心神不安，生怕被人拉過去加入阿午他們的隊伍。

在離開前，鄭歎聽到方邵康跟人談話說起這件事情。

原來，蓮子和桂圓跟蹤的對象並不是公子瀟，而是被公子瀟宰了的那個人。當然，公子瀟本身也牽連其中，根據聽到的那些談話來推測，公子瀟涉及到的事情還很多，黃賭毒一樣不少，手裡還有命案。估計是接到什麼消息，知道有關單位正在查某些事情，他回到住處後觀望了兩天，不到萬不得已，他可捨不得已經到手的東西。

那個嫌疑人去找了公子瀟之後，兩人發生了爭執，前者直接悲劇了。至於公子瀟，有人向他通風報信，發現情勢不對，他便準備打包走人，沒想到正忙著打包開溜的時候，迎來了意料之外的小客人。為了不露出馬腳，公子瀟偽裝得很好，但他也沒想到那個姓侯的小子居然懂那麼多，而且明明不懂得察言觀色，卻能夠發現那些別人注意不到的問題。

「他說他真沒想要下殺手，只想將三個小孩先關著，等他逃離。」跟方邵康說話的那人道。

「但是他沒有保證人被關著會不會有其他生命危險，比如飢渴，比如精神壓力，他們只是孩子！而且人一衝動，什麼事都有可能，或許會有一個孩子淪為人質，或者還有其他想不到的事情。」方邵康一邊抽著菸，一邊說道。

他這話就是告訴眼前的人，這次的事情他追究定了，還有牽扯到的幾個人以及向公子瀟通風報信的人，一個都別想跑掉。

「我知道您的意思了。」那人說完便離開。

方邵康一隻手敲擊著桌面，吸了一口菸，將菸摁滅在菸灰缸裡，拿了外套往外走。

「黑碳吶，這次欠你個人情。」

方邵康心裡透亮，不然不會急著將鄭歎先送走暫時避開這次的事件，這也是對鄭歎的保護。

鄭歎跳進車裡，東西都已經打包好了，就等著童慶過來。剛才童慶被方邵康叫過去吩咐一些事情，過了一會兒童慶才回來，拉開車門打算上車，就聽到後面一陣叫喊聲。

「等等，等一下！」

鄭歎看過去，侯軍毅拖著個小箱子往這邊跑來，看他氣色還算不錯，估計家裡人做過心理輔導了。只是，這小子提著個箱子過來幹什麼？

侯軍毅跑得額頭都是汗，過來後將箱子上的拉桿和滾輪一折，收起來，這樣看上去就像一個手提箱。

箱子有些重，侯軍毅提著很艱難，童慶幫忙提著，然後疑惑的看向侯軍毅。

侯軍毅指了指箱子，然後又看向鄭歎，說道：「謝謝你了！這是我的謝禮！」

侯軍毅看著那個箱子的時候還滿是不捨，看得出來這孩子其實很寶貝這個箱子，但是鄭歎也不知道怎麼拒絕，說也說不出來。

壓根沒等鄭歎怎麼拒絕，童慶也不知道該說什麼，而侯軍毅則已經往家裡跑回去了。

侯軍毅回到家的時候，爸媽都在，因為剛發生的事情，都請了假陪著開導安撫孩子，三個小孩都請了假，學校也沒去。

「你出去幹嘛？」侯爸爸問道。他看著侯軍毅拖著他的小百寶箱出去，現在回來卻空著手。

「送謝禮。」侯軍毅換著鞋，答道。

「你把那個給人家方萌萌了？女孩子會喜歡那些東西嗎？」在侯爸爸心中，起關鍵作用的是大米，要謝自然謝方萌萌。

「嗯？什麼？」侯軍毅疑惑。

「你的百寶箱啊！你不是去方萌萌家，把箱子送給她了嗎？」侯爸爸納悶了，難道是自己猜錯了？

「沒有，不是方萌萌。爸你昨天說過的，救命之恩當湧泉相報，至少也得重謝，所以我就把箱子給黑碳了。」

「……黑碳？」侯爸爸臉上一僵，「如果我沒理解錯的話，那是一隻貓。你把你寶貝的箱子給了一隻貓？！」

侯軍毅還一臉莫名其妙的樣子看著他爸，他覺得自己解釋得夠清楚了，為什麼還要問？

「……兒子，我覺得，我們還得再好好談談。」侯爸爸無奈的揉了揉眉心。

重謝……在侯軍毅心中那個百寶箱確實是很貴重的，很多東西外面未必能夠輕易買到，而事實上，那些東西也真的價值不菲。不過，那些東西並不是唯一的，真要再拿到的話，侯爸爸也能幫侯軍毅弄到，他只是在愁怎麼把侯軍毅的思維和思考方式掰到正常水準。

而此刻，在開往楚華市的車上，童慶依舊默默開著車，鄭歎則後車座上翻那個侯軍毅送來的箱子。

——謝禮？

鄭歎知道侯軍毅在感謝他關鍵時候幫的忙，但鄭歎第一次碰到送謝禮送個工具箱的。箱子有密碼鎖，密碼也早被解開了，還能夠再重新設置密碼，而讓鄭歎更高興的則是箱子裡的東西。

雖然很多東西鄭歎沒見過也沒琢磨明白到底是幹什麼的，有待摸索，但有幾個東西他知道。

鄭歎拿著一張看起來像銀行金融卡的金屬方片，折了兩下，便成了一把刀，再折回去，重新恢復成卡的大小。

——都是好東西啊！

鄭歎樂翻天了。

童慶往後視鏡上瞟了一眼，看到後車座上正在翻箱子的那隻貓，總覺得那隻貓的面部表情很是詭異。

第八章

武太郎的國產「鑽石」燒餅

回到楚華市，鄭歎感覺渾身都舒暢多了，大概心理壓力小了很多，睡覺都睡得香。侯軍毅的百寶箱，鄭歎就放在小柚子的床底下，房間太小，沒有太多地方適合放置，只能放在床底下將就將就。

回到楚華市兩天之後，鄭歎抽了個空，趁家裡沒人的時候偷偷開電腦上網，查了一下公子瀟的新聞，發現最近並沒有太多關於這人的報導，只是說有兩個娛樂節目原本請了公子瀟過去，後來換了人，引起公子瀟粉絲的不滿，不過現在好像還沒有太多關於公子瀟的真實報導，估計絕大多數人都不知道公子瀟已經被警方帶走了。而且鄭歎推測，公子瀟的演藝生涯估計會就此結束。

除了上網，鄭歎也會關注一下焦家訂閱的報紙，雖然並沒有專門的娛樂報刊，但一些時事新聞報上會有一、兩頁涉及到娛樂方面的消息，鄭歎也會關注一下那邊的動靜。

不過鄭歎只悠閒了兩天，就被親自上門的小郭綁到寵物中心去了。看著小郭濃濃的黑眼圈，鄭歎難得的沒有對小郭這次的「綁架」行為發飆。

都不容易啊！

之前因為鄭歎拍攝紀錄片而離開了一個月，寵物中心還有兩隻貓被借走拍電影，等到寵物中心要拍聖誕特輯的時候才發現，不僅鎮場子的主角不在，連兩個重要配角都不在，效果肯定差了很多，網路上已經有不少人在抱怨了，各種猜測都有，偏偏因為簽署了保密條約，寵物中心的人在得到拍攝組那邊的准許之前根本不能說實話。於是八卦越演越烈，還有人專門過來寵物中心堵小郭，郭老闆已經好長時間沒睡個好覺了。

也正因為這樣，知道鄭歎回來後，小郭立刻就衝過來了。這還是焦爸隱瞞了兩天的結果，不然小郭肯定在鄭歎回來的當天就過來綁了以洗清謠言。

好在拍攝新年特輯的前幾天，電影那邊的貓也拍得差不多了，小郭接過來一起拍，這下就能堵上那些唯恐天下不亂的人的嘴了。

除了在寵物中心拍攝新年特輯之外，鄭歎心裡還有一件事，那袋鑽石留著總覺得怪怪的，燙爪。他現在只是一隻貓，要這些鑽石來幹嘛？雖然值不少錢，但對鄭歎來說，這就是個不能光明正大拿出去的燙手山芋，送人只會將麻煩也跟著送出去。

所以，鄭歎琢磨著，什麼時候把這袋鑽石還回去算了，反正焦家現在的生活條件並不算差，鄭歎因為拍攝那部紀錄片和寵物中心那邊的新年特輯也多了些薪資，夠用就行了，再多鄭歎也用不了，留著鑽石心裡反而不舒坦。

下了決定之後，鄭歎就想著怎麼把東西弄到湯默手裡。

昨天鄭歎聽到小郭跟湯默打電話，知道湯默現在住在飯店裡，鄭歎離開的這段時間，湯默也出國了一趟，剛回來沒幾天，小郭所說的那間個五星級飯店鄭歎也知道，離楚華大學不算太遠，在鄭歎的接受範圍內。

小郭打電話的時候說過，本週五晚上七點左右會過去跟湯默商量一下合作事宜，這次網路上發布新年特輯會插播一部湯默他們公司的珠寶廣告，具體如何到時候小郭再過去詳談。

週五晚上六點半左右湯默才會回飯店，而週六一大早他就得再飛到大洋那頭去，那邊有件急事，所以時間比較緊。

週五，也就是明天。

既然知道了大致時間，鄭歎就想著怎麼把鑽石還回去。

直接連袋子一起扔嗎？

鄭歎不太想，因為那個袋子上沾著他身上掉落的一些貓毛，如果就這樣還回去，鄭歎不知道他們會不會查到自己身上來。

正想著，鄭歎突然聽到啪的一聲，側頭看過去，是風將一個紙袋吹打在樹幹上發出的聲音。

紙袋？！

鄭歎往那邊走過去。現在已經晚上了，來往的人不多，也不會注意到草叢裡的鄭歎。

那是校門口擺小攤用的那種裝餅的紙袋，鄭歎見過類似的。而這個紙袋，上面並沒有油漬，顯然是沒使用過的。

紙袋上第一行四個大字——「國產披薩」。

第二行五個更大的字——「武太郎燒餅」。

鄭歎盯著那個「太」字看了半天，這他媽是山寨貨嗎？

今天突然颳起過一陣大風，很多塑膠袋之類的被颳飛起來，這個紙袋或許也是被吹過來的。

往校門那邊的方向走了一段路，鄭歎又發現幾個沒使用過的紙袋，這也印證了鄭歎的猜測。

找了個沒有沾上水漬、最乾淨的一個紙袋，鄭歎拿著便往老瓦房區那邊過去。反正是晚上，鄭歎只要避著點就不會有人發現有一隻用兩隻腳走路的貓。

將紙袋拿回老瓦房區那間藏鑽石和手機的屋子裡，將那袋鑽石小心的倒進去，然後看了看，確定沒留下貓毛，然後將裝著鑽石的紙袋抖了抖，讓鑽石都落在紙袋底部的一個角落，再將紙袋的其餘部分折了折，又小心繞著底部小角捲了一圈，防止鑽石輕易刺破紙袋掉出來，最後將紙袋多出來的一點往折縫裡內折進去。

想了想，鄭歎從屋子裡出來，又跑到那幾棟經常有學生社團活動的屋子看了看，有間屋子上面的窗戶沒關緊，鄭歎翻了進去，找了一圈，找到一小截好久沒使用過的鉛筆，其他的也沒發現能用上的東西，便翻出屋子，回到放鑽石的地方，彎了彎爪子，握著鉛筆在紙袋上寫了幾個字。貓爪子拿鉛筆不好拿，鄭歎也好久都沒寫過字了，所以寫完之後自己都不忍直視。

次日，也就是週五。

鄭歎沒在家等晚飯，穿著他的小背心、帶著鑽石就偷偷跑了。

冬季的晚上天黑得比較早，這時候六點鐘天就開始黑了。

鄭歎繞了幾條不容易被發現的小路跑到那間飯店的時候，天已經完全黑下來。

鄭歎不知道現在到底幾點了，他還想著如果今天碰不到人的話，只能等下次。沒想到，他今天的運氣不錯，剛來到飯店大門附近躲在一個花壇後面，就看到一輛車緩緩停在飯店門口，湯默從車裡走出來，身邊跟著兩個人，估計是保鏢一類的人物。

看著湯默往大門那邊走，鄭歎趕緊將裝在背心裡的東西掏出來，使勁往湯默那邊扔過去。扔了之後，鄭歎便迅速換了個地方躲藏，藏在一棵松樹後面，看著那邊。

鄭歎扔過去的東西還沒砸中湯默，就被湯默身邊的一個人抬手擋開了，東西掉落在離他們不遠的地上。

其中一人護在湯默身邊，警戒的注意著四周，另一個人在湯默的示意下走過去看看被扔過來的東西，戳開一個口，看到從紙袋裡露出來的一角之後，那人臉色驟變，快速拿到湯默眼前。

「老闆，您看！」

湯默接過來，不用看整體，只要看到一個角，即便現在的光線對他來說並不算好，他也能看出這大概就是自己丟失的東西。

除此之外，湯默仔細觀察了一下堪稱劣質的紙袋，紙袋折著，「武太郎燒餅」幾個字現在還看不出來，但袋子上的字看得很清楚，那是幾個歪歪扭扭的鉛筆字——

「不要問我是誰，請叫我紅領巾。」

湯默：「……」

湯默覺得，自打來楚華市之後，總會碰到一些很奇怪的事情。

鄭歎看著湯默拿著東西走進飯店的門之後才離開。在被湯默留下來的那個人發現之前，鄭歎便離開了那裡，而被湯默授意尋找扔東西的人的那位保鏢，打死也不會想到做這件事的其實是一隻貓。

隨後幾天，鄭歎注意了一下學校周圍，尤其是那個賣燒餅的。之前鄭歎沒考慮太多，現在想來，不知道會不會給那個賣燒餅的人帶來麻煩。

特意去注意之後，鄭歎倒是知道了一些那個賣燒餅的人的資訊。

他一直以為「武太郎」的「太」是印刷錯誤，或者專門搞盜版燒餅的，後來聽擺攤的商販們在那裡聊天八卦時知道，那個賣燒餅的人就叫武太，是個失業人士，腳有些瘸，為人還不錯，挺老實的，周圍幾個商販和買燒餅的學生們都對那人印象還不錯，有時候別人給錢給多了，他還一瘸一拐地追著過去把多餘的錢找回去。

他的腿不知道是怎麼傷的，走的時候跛得很明顯，聽說傷了些年頭了，治不好也沒錢治；還聽說武太的老婆跟人跑了，就留了兩個大不點的娃，領著那點微薄的低收入戶補助，三十歲的人看起來像四十歲似的，看得出來生活拮据。武太跟著人學了點做燒餅的本事，打聽到大學周圍的生意不錯，便勉強湊齊一些裝備來這邊擺小攤做學生生意。手藝好，人也好，放的料也實在，生意不錯。

隨後，突然有一天，武太消失了，直接消失了兩天，很多學生還覺得可惜，難得碰到個對胃口的燒餅。

鄭歎也想著湯默是不是找武太的麻煩了，還想著去其他地方打聽打聽的，但兩天後，武太再次出現在校門口，人沒受傷，精神很好，看上去像是碰到什麼好事的樣子。

既然這人沒事，鄭歎想著自己這邊好像也沒什麼異常，去寵物中心也沒聽到什麼其他異動，就放心了很多。

然而，踩著輕快的步子往回走的時候，鄭歎無意中聽到了兩個放學回家的國中生的對話。

「聽說期中考考年級第一的那個顧優紫認識黑社會的人。」

「啊？不會吧？」

「聽說她男朋友就是黑社會的。」

鄭歎想多聽一點，那兩個學生已經騎著自行車走遠了。

——黑社會的？

——男朋友？

——老子怎麼不知道？！

——天殺的老子去京城出差這一個月到底發生了什麼事？！

——如果讓老子知道是哪個王八蛋老子踹死他！

鄭歎確實有段時間沒過去小柚子她們學校看了，從京城回來之後接連睡了幾天懶覺，早上沒陪著小柚子和焦媽出門，算起來，已經有一個多月沒過去了。

一個多月，確實足夠發生很多意想不到的事情。

鄭歎一邊往家裡跑，一邊揣著心事仔細想著從京城回來後這幾天的情形。

不對啊，小柚子這幾天好像沒什麼異常，回家之後也是做習題居多，畢竟快期末考了，而且她吃飯睡覺作息的時間都沒有任何異常。如果真的像那兩個國一學生所說的情況，焦媽不可能一點反應都沒有……

但是，鄭歎心裡總是想著這件事。

焦媽或許真的不知道，畢竟學生之間傳播的一些消息未必都能傳到老師的耳朵裡。

晚上鄭歎特意觀察了一下，還是沒發現小柚子有什麼異常。於是，鄭歎決定第二天早起跟著焦媽和小柚子一起出門。

◆◇◆◇◆◇◆◇◆

今年的冬天似乎比往常要冷一些，鄭歎出門之後抖了抖，然後小跑著跟隨在小柚子和焦媽身後。跑起來就不那麼冷了。

焦媽先騎著小電動去學校，小柚子來到西教職員社區和這邊的同學會合，然後三人一起騎自行車前往學校。

三個小女生戴著帽子和圍巾，手上戴著厚厚的手套。不過，這樣寒冷的天氣並沒有擋住她們聊天的心情，鄭歎跟在不遠處跑著，支著耳朵聽她們三人的談話。

一開始她們在談論某部電視劇，鄭歎看過幾集，沒覺得多好看，不過裡面的男主角很受女孩子們的歡迎。快到學校的時候，謝欣想了想，對小柚子道：「柚子，那些傳言真的不用管嗎？我看越傳越離譜了。」

鄭歎剛有些乏味的看向別處，聽到謝欣的話之後，耳朵噌的立直了，也不到處亂看，盯著小柚子那邊。

「不用管，隨她們傳去。」

小柚子的態度比較冷淡，似乎很無所謂的樣子，這讓鄭歎心裡舒坦不少，看來那只是謠言。聽謝欣她們的說法，好像是有人對小柚子之前期中考考了第一名不太服氣，這才散播了一些謠言。不過，鄭歎看了小柚子一眼，不知不覺中，當初那個小丫頭已經變少女了，長得不錯，重要的是功課好——在中學時期，成績好的人總是格外受異性青睞。

一路琢磨著心思，到學校之後，鄭歎看著小柚子她們停好自行車，走進教學大樓進教室裡坐下。雖然小柚子讓鄭歎趕快回去，在外面冷，但鄭歎並沒有立刻離開，而是站在離小柚子她們班較近的圍牆上看了一會兒，發現有幾個小子看小柚子的視線有那麼點欠揍，但並沒有與小柚子特別親近的，看小柚子的態度就能看出來。

玻璃窗漸漸被水氣模糊，鄭歎也不再守在這裡，沿著圍牆走，想著等到下課的時候聽聽其他班的人有沒有關注這個的。

鄭歎沿著圍牆走過教學大樓區，經過餐廳，然後來到操場那邊。

這個時候操場上並沒有多少人，尤其是現在天氣冷、還臨近期末考，在外面跑動的人就更少了，學生和老師都沒見到幾人。

正走著，鄭歎腦袋上挨了一下，不疼，是被紙團之類的東西扔的。

紙團砸在鄭歎腦袋上之後就跳落在地上了，帶著一股煎包的氣味。順著扔過來的方向看過去，鄭歎看到了一個熟悉的人。

「黑碳？！」

來人看到鄭歎之後笑得一臉燦爛地跑過來，然後，蹲圍牆腳下朝鄭歎招手。

鄭歎瞪眼，這丫頭怎麼會在這裡？上上個月不還在讀小學的嗎？現在就直接國中了？

來人正是跟著瞎老頭坤爺的小九。不過，鄭歎一直以為小九現在還在上小學，這孩子因為曾經的悲慘經歷導致上學較晚，應該落後小柚子不少，前兩個月還說著在上小學呢，現在卻直接穿著這所國中的校服揹著書包過來。

從圍牆上跳下去，鄭歎就坐在小九旁邊，聽這丫頭說話。

現在的小九看上去開朗很多，剪著齊肩的短髮，頭上還戴著個粉色的蝴蝶髮飾，平時看上去倒是一副乖巧的樣子，但見過她打架的人就知道，這丫頭有一股狠勁。鄭歎有次去天橋那邊碰上小九，一起走了段路，中途有個惡聲惡氣的商販，賣東西不實在還想坑小孩子的錢，但小九拉下臉的時候，那商販甚至不敢對上小九的眼睛。

或許因為曾經的遭遇，小九看待事情的態度也與同齡人不同，而她對坤爺那邊的安排一直很滿意。

當初瞎老頭坤爺可能就是看中了小九的這股狠勁，才會同意安置小九的。

果然，很多瞎子都是眼瞎心不瞎。

小九看到鄭歎之後話特別多，經常都是她一直說，鄭歎就在旁邊聽。

從小九的話中，鄭歎知道，小九上上個月確實在看小學的書，但現在小學程度的題目她已經通過了，沒必要再等半年，於是那邊直接安排她到這邊的國中。除了小九之外，還有兩個她認識的當年一起被輔導的人在這所學校裡，分別在二、三年級，只是平日裡大家並不一起上下學，別人也不知道他們認識。

以坤爺那邊的能力，在這個時候送小九進來並不很難。而小九作為插班生進到這間學校，就在鄭歎離開楚華市不久，也難怪他不知道。

小九還說了關於小柚子的事情，因為在不同班，兩個班一個在一樓、一個在二樓，小九也沒有主動去找過小柚子，因為她一開始並不知道小柚子在這所學校的哪個班級，而知道後，第二天就打了那幾個散播謠言的女生。她也不好立刻就去找小柚子，她想要先觀察那幾個人一段時間，不然她怕給小柚子帶來麻煩。

小九打架的時候很狠，鄭歎能夠想像當時小九揍那幾個女生會是個什麼樣子。小九揍人的時候並沒有說是小柚子的原因，估計那幾個人也不會想到小九跟小柚子認識。她們散播的謠言只是瞎編的，不過事實上，她們蒙對了一小半——

男朋友沒有，「問題少女」倒是有一個。

小九決定等期末考結束了再去找小柚子，將事情跟她說說，現在就不讓小柚子憂心了。

「明天再去跟另外幾個散播謠言的傢伙交流交流。」小九揉揉拳頭，說道。

在中學時期，背地裡打架的人很多，甭管男生女生，男生打架會有些血腥，不過女生打架更多的是搧耳光和揪頭髮吧，鄭歎想。不過，小九要是動手的話，那就難說了。

小九不是那種喜歡仗勢欺人的人，真動手的話，那些人一定是很可惡的，而且鄭歎相信小九有分寸，這丫頭跟著坤爺，不會像那些小混混一樣憑著衝動瞎折騰，相反，在很多時候他們是比較低調的，不然小柚子也不會到現在都不知道小九在同一所學校。

在《古惑仔》那個時期，對中學生而言，黑社會的小混混比高富帥的影響力要大得多，尤其是中學生，提到個小混混，他們就會直接腦補成黑社會的某某大人物，那是各種跩啊！

雖然現在已經淡化了，離那個時代也有些年了，但潛在的影響還在，說起來的時候都抱著一種既鄙視又敬畏的感覺，再聯繫到優等生的話，能八卦的就多了，也難怪那些學生散播謠言會選擇「黑社會」。

鄭歎原本想親自教訓教訓那些散播謠言的傢伙，不管他們是男是女，但現在有小九在，他也不用多費心去找人了。

「哎呀，時間差不多了，再過五分鐘就下課，我要趁下課時間去教室！」

小九提著書包往圍牆那邊一甩，然後後退幾步，一個加速，藉著離圍牆比較近的一棵樹翻了過去。鄭歎看得眼角直抽，一看就是慣犯！

鄭歎跳上圍牆的時候發現，校內圍牆那邊，離小九落點不遠處還站著個人，寒著一張臉，戴著臂章，明顯是執勤的老師，防的就是那些不聽話的學生們翻牆或者在學校某些地方做壞事。

「咳，王主任早安。」小九將書包提起，拍了拍上面的灰，很乖巧地向站在不遠處的王主任行了個禮。

王主任臉上一抽，一週五天上課，有四天這丫頭壓著點進校門，剩餘一天可能遲到、可能早到，為什麼說「可能」呢？因為有幾次任課老師反應她遲到，校門口執勤的人卻沒有記錄。

這要是個男生，那也好辦，國中這種問題小子多的是，應對的手段也有，但偏偏這是個女孩子，上課期間除了遲到也還算安分；插班生進來，聽說成績不算好，但也不是吊車尾的那種，中等偏下而已，不是老師們的重點注意對象，但就是這丫頭，讓他們這些早上執勤的人很無奈。

王主任斟酌了一下，想想要怎麼教導。今天早上輪到他執勤，不料剛走到這裡就看見一個書包從圍牆那頭扔了進來，下一刻，一個小身影靈活的翻過圍牆，穩穩降落到地上。等看清楚是誰後，王主任眼皮使勁跳了兩跳。

在王主任說話之前，小九垂頭道：「我錯了。」

認錯這麼乾脆，將王主任後面的話直接堵了回去。

「哪裡錯了？」王主任嚴肅的問。

「我不該翻牆。」小九道。

「還有呢？」王主任盯著小九，「為什麼又遲到？」

這個「又」字讓鄭歎鬍子抖了抖。

小九歪了歪頭，像是在思考的樣子，然後「哦」了一聲，「今天早上看到一個老奶奶被車撞傷了，我送她去醫院，這才遲到的。」

王主任、鄭歎：「……」還能再假一點嗎？

但下一刻，小九從書包裡拿出幾張證明單，有醫院的、有警察的、還有病人家屬的，上面的印章和醫院的單據都證明小九說的是實話。鄭歎仔細想想，剛才小九身上確實還有點未散的醫院的氣味。

下課鈴響的時候，小九往教學大樓跑去，留下王主任拿著幾張證明單在風中凌亂。

有小九在，鄭歎不怕那些不長眼的去煩小柚子，對學校那邊也放心很多。

而小柚子，雖然沒打算對那些謠言和嘲諷立刻反擊，但憋著一股勁就等著期末考拿個好成績去打那些人的臉。這是最好的回擊方式。

◆◇◆◇◆◇◆◇◆

元旦過後，中小學的氣氛都比較緊張，每個學生都在努力準備著這個學期的期末考試。考不好，這個年都未必能快活起來。

鄭歎看著客廳的日曆，新的日曆已經替換上了老的。

這是鄭歎來到這裡的第五個年頭。

按照貓與人的年齡換算，鄭歎算是個中年大叔了。

好的是，鄭歎覺得自己這一身零件還挺能抗的，與過去的幾年沒多大差別；而在鄭歎心裡，他覺得自己一直都是那個二十多歲的年輕帥小子。

中午在焦威他家的小餐館吃飯，焦威他爸媽已經商量著什麼時候買車票回老家了。當然，以焦威的時間為準，總得讓焦威考試完畢才去買票。他們老家那裡沒火車，去客運站買車票的話，什麼時候想回去便直接提著行李過去買票就行了，用不著像其他人那樣提前訂票。

在校門口這條街上走了走，鄭歎發現新開了一家店鋪，以前那間賣衣服的沒了，取而代之的是大大的「武太郎燒餅」牌子。店面不大，但買餅的人不少，排隊的人都排成Z字形了。燒餅的香味讓路過的人都不禁往那邊多看幾眼，不耐煩排隊等候的人想著啥時候人少了再過來，而吃貨們在這方面總是特別有耐心。

鄭歎靠近那邊看了看，正在忙活的老闆就是之前那個推小攤的腿腳不方便的人。難怪前幾天這人消失後重新出現時一臉的喜氣，看來是租了個店面。

做燒餅的地方占整個店面的一半大小，而另一半應該是休息的地方。鄭歎看到有兩個不大點的小孩從裡面一扇小門走到前頭店面，抱著那老闆的腿撒嬌笑著說了什麼，然後又走進裡面去了，那應該就是燒餅店老闆的兩個孩子。

鄭歎看了看之後，便往校門那邊走，打算回家去，外面有些冷，他沒心情到處閒逛。沒走幾步，鄭歎發現了一個人，之前他還鑽石的時候看過那人，是湯默的一個保鏢，現在那人正站在一家離燒餅店不遠的熟食店旁邊，看著來往的人群。

——這人在這裡幹嘛？

鄭歎往燒餅店那邊看的時候，又一個人走進店鋪裡，沒多大會兒便拿著三份燒餅出來，並沒有排隊，而且燒餅店老闆對那個人十分客氣。

鄭歎跟著那人走了點遠，靠近公路那邊的地方停著一輛黑色的車，是湯默的那輛。

那人上車之後，車就直接開走了。鄭歎看著駛遠的車，搖搖頭，往家裡小跑回去。

◆◇◆◇◆◇◆◇◆

那輛車裡，湯默接過下屬遞來的燒餅，聞了聞，還挺香，咬了口，味道……好像還不錯。

「那邊還是沒發現什麼異常，去買餅的有周圍的商販，也有一些老師，還是以學生居多。」

那人向湯默彙報道。

湯默「嗯」了一聲，沒再多說。鑽石被不知名的人還回來之後，他找人去查了那個賣燒餅的人，畢，賣武大郎燒餅的人不少，但武太郎燒餅這片地方就這麼一個。調查也沒查出什麼有用的，而湯默想著那個紙袋上的鉛筆字，更偏向於相信還鑽石的人是個年輕的學生。

湯默甚至還問小郭，問他打電話的時候有沒有其他人聽到，得到的回答是沒有。小郭打電話的時候是在自己的休息室裡，只有他一個人。當然，還有兩隻貓，李元霸和鄭歎，而正常人都不會往貓身上多想。

湯默他們問燒餅店老闆的時候許諾了一筆錢，得到了足夠多的資訊，這些資訊多半是關於去買燒餅的人，但到現在為止並沒有找到想要的。而那位賣燒餅的人則用手頭的積蓄和湯默給的錢租了個店鋪，這幾天下來賺了不少。

別小看這種小食品，看燒餅店老闆一直止不住的笑就知道賺了不少。鄭歎絕對想不到自己順手撈的一個紙袋會造成這樣的結果。

「我們要找的人不會是他。」湯默旁邊的女人說道。

湯默點點頭，「我知道，不過還是讓他們繼續觀察。讓武太配合一下，不會少他的錢。」

「是，老闆。」

◆◇◆◇◆◇◆◇◆

鄭歎回到家之後，下午閒著沒事開電腦逛了逛一些論壇。

娛樂新聞這段時間談論公子瀟的人不少，起始於前天某官方頻道報導的一位知名影星趙某被拘，這種官方正式公布出來「被拘」和「正在調查」便意味著罪行多半已經定下來了，就像方邵康所說的，別想脫身。

公子瀟原名姓趙，這次的新聞播出來之後引發了火熱的討論，一石激起千層浪，各種陰謀論滿天飛，粉絲之間噴口水噴得熱鬧非凡。

關於公子瀟的話題直到越來越惡劣的天氣狀況出現才緩解不少。

第九章

來自貓的壓歲錢

一月中旬，楚華市下了大雪。一開始還有人在說瑞雪兆豐年，很多人在外面開心的玩雪，以放鬆期末考帶來的緊張和疲憊感，直到期末考結束之後大家要回家了，才開始煩惱起來，尤其是那些住得遠的、家位於南方地區的人。

有些人運氣不錯，車票訂到的日期恰好在天氣緩解的那兩天，所以回家的過程相對來說算是順利；而有些人，票買到天氣很差的日期，颳風下雪的，很多地方都結冰，高速公路封路，火車晚點，航班延誤，前一天的票第二天才能坐上車的不少。

焦遠和小柚子都待在家裡，沒有出去玩雪的興致，乖乖做著老師布置的寒假作業。這幾天焦老爺子也打了幾通電話過來，詢問他們回老家的時間，並再三囑咐開車小心一點，寧可慢也要保證安全。

電視上都說這次是五十年一遇的雪災，很多南方的司機對冰雪天氣開車並不適應，預防措施也沒做到位，出事的不少，聽說還抽調了一些北方的司機過來。

焦爸需要在學校多留段時間，今天早上聽說有個回家的學生乘坐的客運車還沒開出市區就出了事故，人現在正在醫院裡，生科院裡緊急召開會議，各班導師、各研究生和博士生導師都得負責到位。焦爸手下的研究生不少，他要等手下的學生都離校之後，才能回老家。

而從氣象專家所說的資訊來看，這場風雪暫時還不會結束。

一月下旬的時候，學校裡的學生們陸續離開了，不管過程艱難與否。這日晚上，焦威他爸上門來，說了一下他們的打算。

焦威他爸認識個人，現在在客運站開車的，以前北上做過生意，在北方也開過車，能應付這種冰雪天氣。這邊很多司機就算天晴沒下雪，只要路面有點冰就操控不住了，但那人還行，昨天跟他們也聊了一下，難得明後兩天天氣緩和下來，幾條高速公路暫時解封，就跟焦威他爸打了通電話，能的話就順便弄幾張票捎上一程，不能直達，只能到縣城，至於縣城到老家的那段路，他們就得自己轉車了。

焦爸聽後，決定讓焦媽先帶著焦遠和小柚子跟著焦威他們一起回去，而他自己還需要在學校多待幾天，到時候帶著鄭歎開車回去。畢竟，客運車上鄭歎不方便跟著一起。

曾經，鄭歎並沒有對這場災難多關注，那時候他大概正在忙著逍遙找樂子。

新聞？那是什麼東西？他從來不耐煩看。

但現在，身在其中，鄭歎才有另一種心情。特別是那天焦媽他們乘坐客運車回老家的那天，鄭歎看了電視裡的一些時事新聞，還有新聞下方的跑馬燈即時播報，或者直接開電腦看看網路上的那些消息，比如某條高速公路臨時封了、某條路上出了一些事故、某個地方出了騷亂等等，直到接到焦媽他們安全到達的消息，鄭歎一直懸著的心才放下。

◆◇◆◇◆◇◆◇◆

「黑碳吶，就剩咱們爺兩個了。」焦爸看著窗外說道。

家裡現在就只剩下焦爸和鄭歎了，冷冷清清的。白天焦爸基本不在家，三餐鄭歎跟著焦爸吃教職員餐廳，其他時候鄭歎獨自待在家裡，看電視上的新聞。

電視上專家們在用他們高深的學術語言分析這次雪災形成的原因，以及一些鄭歎壓根聽不懂的氣象學術語。很多人抓狂，他們想聽的不是這個，他們想知道這天氣還會持續多久、交通什麼時候能恢復、買了票什麼時候能上車！

每天鄭歎打開電視機，新聞臺很多都在說這場南方的雪災，春節期間滯留在外地的工人和學生都不少，從新聞的畫面上看，有些省市的車站裡密密麻麻都是滯留的人群。數著天數，很多人越來越暴躁。一些黑車（注：非法營運的車輛）的價錢翻倍再翻倍，菜價也是飆漲。至於大明星公子瀟，除了少數人之外，沒誰再去關注了。

在這邊，傳統小年是臘月二十四，而小年過去，新聞上一些省市的車站還是那個樣子，每天聽著哪些地方嚴重受災、經濟損失多少、傷亡人數怎樣……

晚上有些滯留在外地的人用手機上網抱怨說：「算了吧，今年過年不回家。」

而另一些人則不，怒道：「老子在外面累死累活吃糠嚥菜賺了那麼點錢為的就是過年回家跟家人團聚給老婆孩子改善生活，一場雪就想阻止咱的腳步？門都沒有！」

搶不到機票、車票，等不到車，也能想別的辦法。於是，鄭歎總能在網路上看到各種各樣的意見和建議，還有徒步跨省走回家的。

離除夕還有兩天的時候，焦爸這邊完全忙完，天氣也暫時緩和了，從上往下看校園的風景，還有很多地方是白色，氣溫也不高，駕車的難度依舊不小。

鄭歎穿著那件小背心，跳上焦爸的車。焦爸看了看鄭歎背心上明顯裝著東西的口袋，什麼都沒說，關上車窗，開著車離開學校。

鄭歎坐在車後座上，看著窗外的景色。

與往常年前的熱鬧不同，今年似乎要冷清一些，或許有氣溫比往常低的原因在內，再加上雪災的影響，便有了這樣的變化。

不過，相比起很多地方以及一些受災較嚴重的村鎮、山區，城市裡的情況要好很多了，市民們抱怨最多的大概就是前幾天水管凍裂之類的事情。而其他人，沒有乘車煩惱、沒有直接經濟利益衝突的人，都只是看客而已，並不會影響他們的正常生活，只在每天看新聞的時候才會跟人討論幾句。

焦爸一直開著交通廣播頻道，這兩天天氣緩和不少，很多滯留的人群都趕著這兩天出發，黑車什麼的相當多，大概都想著趁這段時間多撈點錢。

為了避免遇上塞車，焦爸還特意早起出發，沒想到跟焦爸一樣想法的人不少，大清早的路上就有不少車輛，途中還是遇到幾次小規模塞車，尤其是那些十字路口，往前一看那排成長條的車隊就感覺特別的煩悶。

好不容易駛出市區的時候，已經過了一個半小時了，這是鄭歎第一次碰到這種情況，走走停停暈得慌。

按照以往的行車路徑，出市區之後直接上高速公路。前幾天這邊的高速公路封路，這兩天解封了，不過快到那邊的時候，交通廣播裡卻報導高速公路那邊遇上了事故，希望正在往那邊行駛的車輛改道。

誰也不知道因為事故會塞多長時間，焦爸沒辦法，只能改道，不走高速公路換其他路線。經過幾個客運站附近的時候，鄭歎往那邊看了一眼，那周圍還是有大片的人群，候車廳人滿了，門外也有一部分人等著，還有警察在那邊維持秩序。

鄭歎還看到客運站外面有計程車、私自拉客的客車等，有人拿著寫著各個縣市名字的牌子邊喊邊走，拉乘客。這大概就是一些人說的黑車，但這個時候人們也不再考慮黑車不黑車的了，能坐上車就行。擠車的時候，什麼老弱病殘孕之類的弱勢人群，壓根沒多少人會去讓位，該搶擠的時候照樣搶擠。

出城之後的路線鄭歎比較陌生，看著兩旁的建築，記錄一下這些新的路線資訊。

路面還是有些結冰，不過相比前段時間已經好很多了，焦爸開慢點還是能控制住的。只是有些車輛像是趕死似的飆得飛快，還往前擠，生怕落到後面了，有兩次差點跟焦爸這輛車擦碰上。

鄭歎剛在心裡罵著那兩個亂超車的傢伙，一個騎摩托車的直接從斜後方突然插進鄭歎他們這輛和前面那輛車之間，然後又快速從前面那輛車與另外一輛車的橫向間隙之間穿過去，看得鄭歎心驚不已，這人是太過相信自己的車技，還是碰上什麼急事？

十來分鐘後，車又停了下來，鄭歎立起身往前看了看，車隊再次形成，又塞車了。

等了一會兒還是沒見動，焦爸打開車窗透透氣。車裡很暖，開車的時候神經緊繃著，現在吹吹冷風也清醒一些。

「黑碳，冷不冷？」焦爸看向後座的鄭歎。

車窗打開之後冷風灌進來，將車裡的暖意驅散不少。南方濕冷的天氣總讓很多北方的人很不適應，而鄭歎這個曾經生活在更南方的人，經過這幾年也習慣了。就算今年格外冷，鄭歎也感覺還好，今天穿的背心是小郭給的冬款。

小郭給了兩件，一件黑色的，一件軍綠色，不僅背心口袋能放東西，衣料也厚一些、保暖一些，聽說還是防水的。

見鄭歎不像是感覺冷的樣子，焦爸也不再多問。

左邊那輛車上的司機正在車外抽菸，他們車裡的有小孩，在車裡抽不好，所以就出來外面，見到焦爸打開車窗便閒聊了起來。他已經開了近二十個小時的車了，雖然中途有人接替休息了五個小時，但接替的人車技不行，還差點出事，所以多半時候都是他在開，現在碰上塞車，出來抽根菸提提神。

前面一輛車的司機也過來加入聊天，他是私自拉客的，「昨天還挺順，塞車也沒塞多久，今天運氣不好，早上出來塞了半個小時，現在又開始塞。」

「十分鐘能走嗎？」左邊那輛車的司機問。

「難著呢！前面出車禍了，一輛摩托車、兩輛轎車、一輛貨車都撞上了，好在沒出人命，重傷的三個人剛被送往醫院。那兩輛轎車剩下的人正在吵架，誰都沒挪腳，聽說那車還挺貴的。還撞斷了一根電線桿，加上撞翻的車輛，還有貨車上掉了一地的東西。估計至少也得二十分鐘才能通車。」

聽那位私自拉客的司機說，前幾天開車更艱難，往常跑一趟只要兩個小時多一點，前段時間雪地穿行，跑一趟竟然用了十個多小時，並且隨時可能在路上拋錨。路上的艱辛只有開過才知道啊，累得要死！也難怪票價翻倍再翻倍，現在光是黑車，一人票價幾乎是之前的三到四倍了。

正聊著，車隊前面又過來一個人，讓那兩個司機和焦爸去前面幫忙，人手不夠，障礙物多，要快點通車的話，人多了也疏通得快一些，不然還多得等段時間。

前面那車的司機搖搖頭，他可不去，得看著車，他車裡都是不認識的乘客，要是誰趁他過去幫忙，一通車就開車跑了怎麼辦？拿了什麼貴重東西怎麼辦？車裡人鬧起來怎麼辦？

旁邊那車的司機倒是沒覺得啥，抽著菸和焦爸一起往前面走去。

車門沒鎖，車窗關了起來，很快車內的氣溫又回升了。

焦爸離開前讓鄭歎看著車，所以現在鄭歎也沒打盹，注意著車周圍的人。

很快，鄭歎注意到有個人從前面走來，還往車內看了兩眼，那眼神鄭歎一瞧就知道是打著歪心思，那傢伙看到副駕駛座上的電腦包時，視線停頓的時間稍微長了一點。

那人眼裡閃過一絲欣喜，然後狀似很平常的走到車門旁邊，拉開副駕駛座的門，然後正準備伸手拿車座上的電腦包的時候，一道黑影閃過，臉上驟然一痛，人就被踹了出來，沒站穩，直接摔在了地上。

那人滿眼的難以置信，他剛看過車裡沒人，車門好像也沒鎖——那隻穿背心的貓直接被他忽略了——他幹這種事的次數不少，整個行動下來根本不會耗費多久，打開車門拿包就行了，就算車門鎖著他也有辦法，但沒想到本以為是一件很簡單的事情，卻發現現實與預期嚴重不符。

摸了摸鼻子，那人看著手上的血跡，然後又看向鄭歎。

鄭歎眼一瞇，心怒：這人還不死心？找踹嗎！

跳起又是一腳。

那人抬手擋了一下，但是卻錯估了鄭歎的力氣，雖然他反應快抬起小臂擋住了鄭歎那一腳，但踹過來的力道讓那人後仰了一下，頭撞在旁邊一輛轎車上，發出咚的一聲。同時，鄭歎還抓破了這人的羽絨外套，風一吹，鴨絨到處飛。

那人穿著名牌羽絨外套卻幹著這種偷竊的事情，讓鄭歎很難理解。不過，這樣的人很多，前幾天上網的時候還看到有人發帖抱怨過，沒想到今天自己就碰上了。

右邊那輛轎車上的司機聽到動靜之後將車窗打開，然後看向地上的人，又看看鄭歎，「嘿，這是幹嘛呢？」

還沒等他說完，後車窗也打開了，兩個十來歲的小孩看向窗外，那小女孩說道：「叔叔，那人一定是小偷！」

「肯定是小偷！」小男孩補充道，「穿背心的貓正在教訓小偷！」

地上那人看起來有些狼狽，臉上還有血跡，從鼻子到嘴巴，因為剛才用手摸了一下，臉上擦了些血跡，衣服胸前有一道長條的口子，裡面的鴨絨隨著風吹出來一些。

那人見勢不妙，也不管鼻血和被抓破的羽絨外套了，在周圍人都看過來前立刻起身跑路。他跑太急，不知道踩到什麼，腳上一滑，摔了一跤，也沒顧得上疼，爬起來繼續跑。

焦爸回來的時候，那人已經跑沒影了，聽著右邊那車的司機說了下剛才的事情，焦爸對於對方的各種問題笑了笑，沒多說。

「我瞧著你家這貓不錯，公的母的？」對方問。

「公的。」

「哎那正好，我家有隻母貓，折耳的呢，要不串一下？」

鄭歎臉上一抽：串你大爺的！

看著鄭歎直接轉身上車，焦爸對那人笑了笑，「我家這貓只是土貓。」

「沒關係，我不介意。」那人一擺手，不在意的說道。

焦爸：「……」

好在前面很快疏通了，車隊開始緩緩動起來，焦爸敷衍了幾句便上車了。

對於鄭歎剛才的事情，焦爸沒多說，只是笑著對鄭歎比了個拇指。

這趟歸程雖然前半段比較坎坷，遇上幾次塞車，但好在之後就順多了，因為來往的車輛多，也沒下雪，白天氣溫稍稍升了些，地面也沒有什麼冰了，所以後半段的行程還算順利。

和往常一樣，焦爸先到縣城，吃了頓飯、休息了一會兒，打了通電話報平安，然後才繼續往老家開過去。

焦爸老家這邊有幾段路不怎麼好走，慢悠悠開過去之後就好多了，焦老爺子已經在村頭等著，因為知道只有焦爸一個人開車，也沒敢一直打電話詢問，怕焦爸分心。他現在看到焦爸的車子之後，臉上立刻就笑開了。

對很多人來說，過年歸家之路，蹣跚而難忘。相對而言，鄭歎他們已經算好的了。

◆◇◆◇◆◇◆◇◆

到老家的第二天，早上焦爸還在休息。這段時間他的休息時間並不多，在學校時要注意學生還要忙專案課題，回老家途中開車也累，到達後全身都放鬆下來，一晚上難得的睡了個好覺。

一大清早，村裡很多人都已經起來了，只有一些孩子和部分外出工作返鄉的人還在房間裡睡覺休息。

雖然鄭歎還是有些睏，但小柚子和焦遠他們都起來了，聽說是要跟著焦老爺子去果園那邊幫忙，鄭歎想著反正沒事做，也跟著過去看看，屋裡焦媽和老太太忙著辦年貨，鄭歎留在這裡也幫不上什麼忙。

果園並不是焦老爺子的，不過焦老爺子跟那邊的人熟，幫過不少忙，這也是平時焦家一直不缺水果的原因之一。現在因為雪災凍害，焦老爺子也天天跑那邊去幫忙，連帶著在屋裡沒啥事做的焦遠和小柚子都跟著往果園那邊跑幾天了，就算幫不上什麼忙，看看也好。

老宅這邊離果園那裡不算太遠，但現在因為天氣原因，路不怎麼好走，早上又冷，所以這幾天他們都是坐驢車。

鄭歎跟著他們的另一個原因就是驢車了，不管他是人的時候還是當貓的這幾年，並沒有坐驢車的經歷，乍一看，還挺有新鮮感的，充滿了鄉土氣息。

養驢的那家人離老宅也不遠，走了大概五分鐘不到，便看到一戶青瓦房，瓦房後面有新建起來的平房，但修建的時候瓦房也沒全推倒，保留了一部分。

這戶人也姓焦，焦爸喊那老頭子叫五表叔，按理，焦遠應該叫那人五表叔公，只是叫起來不太習慣，焦老爺子直接讓兩個小孩喊「五爺爺」，這樣也親近一些。聽說焦遠他們回來那天，焦老爺子還打算著要是搭不到縣城到這邊的車的話，就讓驢車去幫忙的。五爺爺年紀大，又駕駛不了家裡的農用車，趕驢車倒是一把好手。

焦遠和小柚子被焦老爺子帶著進屋去了，鄭歎卻沒直接跟進去，他的注意力放在旁邊的驢棚那裡。昨天聽小柚子和焦遠說了，這驢現在就一歲多，聽說是五爺爺去山裡的時候碰見的，那時候還是一頭不大點的小驢，也不知道從哪裡來的，見到五爺爺之後就跟著回來了。

一開始五爺爺家裡人還想著將驢養大了賣掉，縣城裡吃驢肉的不少，餐廳收驢肉的價錢也不錯。但有一天，老人家看著那小驢撒著蹄子跟騎著摩托車的自家兒子賽跑的時候，老人心裡就活動開了，後來便有了驢車。

此刻，拴在那裡的一頭驢正支稜著兩隻長耳朵，睜大眼睛看著鄭歎這邊，眼睛周圍還有一圈白色。

鄭歎對眼睛周圍有一圈顏色的傢伙都防備一些，雖然知道很多驢都是這個樣子，但看著眼前的驢，鄭歎總不自覺的想起社區裡的那隻賤鳥。

搖搖頭，鄭歎覺得自己大概是想多了。

正想著，鄭歎看到那頭驢走向驢棚旁邊的矮牆，那裡露在驢棚外的一段矮牆上面放著張棉墊子，大概是趕車的人坐的，離矮牆不遠處有個兩輪的木板車，上面也有類似的一張墊子。

不過，此刻，矮牆的棉墊上正趴著一隻黃白花的花貓。村裡人養貓基本上是為了防老鼠，不會像城裡養貓那麼講究，也很少幫牠們洗澡，那隻貓不知道在哪裡滾過，白色毛的部分還有一些灰跡和草屑。

那隻貓對周圍的一切似乎並不在意，正揣著爪子，趴棉墊上縮著頭，閉著眼睛打盹。

那頭驢不算很高，比普通的馬要明顯小一些，但牠抬頭時正好能夠從矮牆上露出半個頭。

鄭歎看著那頭驢慢悠悠走過去，湊到矮牆邊，用鼻子朝著那隻花貓噴了噴氣，那隻貓眼睛都懶得睜，除了耳朵動了動之外，還是保持著原樣。

在鄭歎以為那頭驢會放棄的時候，卻見那傢伙又湊上去，這次沒噴氣，而是張嘴將棉墊的一個角咬住，輕微拉了拉，沒拉動，棉墊上的貓也沒動。

那頭驢又使勁一拉，花貓因為沒準備，直接從棉墊上滾到矮牆那頭去了，鄭歎聽到那邊發出彭的一聲輕響。那邊有個草垛子，貓正好落在草垛子上，才會是這樣的聲音。

那頭驢鬆口放開棉墊，甩著尾巴，張嘴「啊昂昂嗯昂嗯」的叫，叫得還有點調調，一副賊賤賊賤的樣子。

鄭歎：「……」第一感覺果然沒錯！

在那頭驢正得意的時候，矮牆那邊咻的竄上來一個影子。

那隻花貓跳上矮牆，兩條後腿支撐著，身體立起來，張開兩隻前爪，左右開弓，對著那張驢臉就是兩巴掌！

這一驢一貓在那邊折騰，焦老爺子已經帶著人出來了，跟著出來的一個老頭應該就是焦遠他們所喊的「五爺爺」。老頭的背有些佝僂，但是精神不錯，走起路來也穩健著，他這段時間也跑果園幫忙。

看到矮牆那邊的情形，那老頭走過去拍了拍驢頭，然後便開始整理木板車上的東西。至於那一驢一貓的糾紛，他早就已經習慣了，這兩隻總愛鬧騰。

套好繩，檢查了下轡頭，將提著的袋子放到木板車上，五爺爺招呼其他人準備走了。

崎嶇的山道上，驢車顛簸著，發出吱呀吱呀的聲音。

那頭驢看起來不怎麼樣，但沒想到拉車還挺能耐，載著四個人、一隻貓和幾個袋子也不像是很艱難的樣子。

路上兩個老頭一直聊著天，聊最近各個電視臺和廣播臺的新聞。這次災害總損失的比重大，尤其是林農方面，受災地區林農的林業收入約占總收入的百分之五十以上，這次的雪災不僅使災區林農這一年的收入大幅度減少，還將影響到今後三至五年內林農的收入。據某些官方臺所說的，有幾個南方的農林大省林業損失占省災害總損失的百分之四十至六十。

苗木、竹林和新造林等受災嚴重，就像這段時間焦老爺子一直感慨的那樣，苗木被凍死的現象非常普遍。本省竹林受災面積占全省竹林總面積的近百分之八十，一些退耕還林地區百分之七十五的果樹受害。根據調查得到的結果，這次受災處大多是林業發展最快、活力最旺的地區，也是森林資源最好的地區，這對本國的生態將帶來嚴重影響。

很多東西，是砸錢也難以挽回的。每次談起來，焦老爺子就一臉的憂慮。

◆◇◆◇◆◇◆◇◆

二十來分鐘的車程，便到了焦老爺子所說的那片果園。

這片果園種植的種類並不單一，柑橘只是其中之一，推廣種植的新品種也有不少，但鄭歎看著在果園裡忙活的人，基本上都帶著憂色。

有些品種的秋梢葉面邊緣和背面凍傷變褐色，隨後捲曲，嫩梢頂端被凍傷變褐色乾枯；而有些除了凍捲曲外，隨後還會落葉；還有些留樹過冬的果實，前段時間有結冰的，融雪後果實很快會失水乾癟、汁胞收縮，汁少，無味。各種情況都會有人一一記錄下來。

果農們需要及時清除積冰，及時捆紮和適時剪除斷裂枝條，但有些修剪現在還不能做，以防止二次凍害。焦遠和小柚子跟著焦老爺子他們，雖然親自上手幫忙的機會很少，但也沒閒著，有時候主動幫忙遞工具、做個清理等簡單的工作，動一動也暖和些，來這邊也長了不少見識。等冰凍過去了，這邊會更忙。

凍後會有修剪和施肥等工作，在大凍之年，柑桔類秋梢受凍傷，用春梢替代秋梢結果母枝，是確保柑桔結果的有效措施之一。

所謂春梢，就是在春季抽生的新梢，八至十月份抽生的新梢，則稱為秋梢。而不同的品種對待方式也有差異，耐凍和不耐凍的也會採取不同的方法。

鄭歎本來覺得以後剪枝是件很簡單的事情，但聽那些人說起來才發現，講究挺多的。比如有些修剪時會在分枝節以下剪斷，有些樹幹皮部凍裂的應在裂口以下多少公分剪斷；剪口還需要處理，有些用尼龍包紮封口，或用石灰漿塗傷口；幼樹凍裂嚴重時，在嫁接口以上開裂，保留一到兩個芽處剪斷，同時注意選留春梢，重新培育樹冠等等。這些鄭歎聽著都頭暈。

發現自己完全不是這方面的料，於是鄭歎打算自己在周圍轉轉，反正小柚子他們在這裡留的時間比較長，可能是半天，也可能到晚飯才回去，不管怎樣，他只要趕在吃中飯前回來就行了。

果園這邊的人比較多，鄭歎決定溜達遠一點，那些在果園裡忙活的人看到鄭歎都像看稀奇似的，就因為鄭歎穿了件背心。

昨天到老宅之後，鄭歎就將背心裡面裝著的一些東西轉移了，現在背心裡除了一包焦媽塞進來的豬肉脯之外，並沒放其他東西，這樣比較輕鬆，也不怕被人檢查。

以前鄭歎是不樂意經常穿著背心的，但昨天下午鄭歎在外面走動的時候，一根冰稜垂直落在他背上，好在冰稜不粗，而且鄭歎還套著背心，所以當時只覺得稍微有點疼，並沒有傷到。因此鄭歎決定，出來溜達的話就套著背心好了，這樣安全。

小跑了一段，鄭歎沒再發現周圍有人，便慢悠悠逛了起來，一直走到果園邊沿的地方。這邊用鐵絲網圍著，有扇門，但鎖著。

鄭歎看了看高高的鐵絲網，轉身打算往其他地方過去，突然腳步一頓，動了動耳朵。

他聽到一點聲音，由於不確定，所以又自己辨別了一下。

——好像是人發出的，但並不清晰。

——要不要過去看看？

猶豫了一下，鄭歎還是翻過鐵絲網，往聲音傳來的方向尋過去。鐵絲網外有片空地，然後是一條樹林帶，聲音就是從那邊傳出來的。

由於這邊沒人清理過雪，地上的雪並沒完全融掉。

聽了聽聲音，發出聲音的人現在的情況應該不太好，鄭歎悄聲小跑過去。

躲在一棵樹後面，鄭歎看過去。那邊有兩個人，都被綁在樹上。

周圍很安靜，那邊的兩個人以站立的姿勢分別被綁在兩棵樹上，嘴被膠帶封著，只能用鼻腔發出聲音，鄭歎聽到的聲音就是從其中一個人那裡發出來的，至於另一個人，沒出聲，頭倒是微微動著，看樣子狀況更差。

好在這兩人都穿著羽絨外套，不然扔這裡沒人管的話，估計會凍死。

鄭歎從那兩個人的背後靠近，看了看綁著的繩子。綁太緊，太牢，還打個死結，鄭歎今天沒帶卡片刀出來，想直接幫兩人解開繩子比較困難。

——好人？壞人？

他們被綁在這裡的時間應該不太短，不然不會凍成這樣，周圍的痕跡也不像是剛弄上去的。

鄭歎慢慢從側面走出去，看了看正發出聲音的人，這人年紀應該和焦爸差不多，而他發現鄭歎的時候，原本積滿了悲哀、氣憤和焦急的情緒驟然變得充滿期望起來。

這不像是個壞人。而且，這人露出焦急情緒的時候，還看了看綁在幾步遠處的另一人，顯然他在擔心旁邊那人的健康狀況。

至於被捆綁的第二個人，年輕一些，也是個男的。鄭歎覺得這人挺悲劇的，顯然被狠揍過，前一個人頂多眼角有點瘀傷，但這人被揍得跟豬頭似的，額頭還有血跡，現在意識不太清醒。

離這裡五十多公尺遠的地方有條泥土路，現在沒見到有車經過，就算有車過去，都是將車門關著的，外面這點聲音很難聽到，如果不是鄭歎，這兩人不知道什麼時候才能被發現，或許被發現的時候已經沒命了也說不定。

鄭歎看了看兩人之後，就往果園那邊跑了，迅速翻過鐵絲網，去找焦遠。

焦遠正幫人將一個工具盒拿出來，活動了一下手腕，準備繼續搬另一個，卻發現自己的褲腿被拉了拉。

鄭歎拉住焦遠的褲腿，然後往那兩人的方向看過去，再看看焦遠，再拉。

焦遠皺了皺眉，對不遠處正跟人聊著的焦老爺子道：「爺爺，我隨便走走。」

「行，注意點啊。」焦老爺子沒太在意，果園裡也沒啥危險，孩子們閒不住，想到處看看就由著他們。

鄭歎本來沒打算讓小柚子跟著的，她還小，碰上外面不懷好意的人怎麼辦？沒想小柚子注意到這邊之後，硬是跟上來了。

將兩人帶到鐵絲網那邊，鄭歎直接翻了過去，焦遠讓小柚子在這邊待著，他先過去看看，這也應了鄭歎的意。

焦遠這傢伙在外人眼前表現的一向都是聽話的一面，是老師眼中的好學生、優等生，但事實上，這傢伙跟熊雄他們沒少幹一些調皮搗蛋的事情，就算現在到高中也是一樣的，甚至更多。翻牆翻網，鄭歎一看焦遠那動作就知道是熟手。

鄭歎將焦遠帶到樹林那邊，那個跟焦爸年紀差不多的人看到鄭歎和焦遠之後，眼裡浮現出來強烈的驚喜之意，甚至還閃著淚光。

焦遠將那人嘴上的膠帶撕開，問道：「你是誰？」

那人聲音有些顫抖，但說得很清晰：「我叫宋庭，農科院的，昨天來這邊的時候已經晚上……當時手機沒電，所以就沒打電話給這邊的朋友，搭了車打算去試驗基地那邊，沒想到會碰上打劫的……載到這裡的時候，車內另外兩個人和司機將我們綁在這裡……他們手上有刀和棍棒，手機和錢包等都被他們搜走了，證件都放在包裡，全被他們提走了……旁邊那小夥子應該是這附近的人，打工回來的……他反抗過，還幫我扛了幾下……他現在的情況不太好，需要醫生……」

焦遠沒立刻就相信對方所說，雖然覺得眼前這人是好人，但他也見過不少救人之後反被咬一口的情況，現在他只是個高一個學生，沒有其他人能幫他，前兩天新聞裡就報出過救人之後反而被對方一棍子敲雪地裡的事情，他不得不警醒些，所以他需要再次證明一下這人的身分。

於是，焦遠沒有再繼續詢問這人的具體身分，而是迅速問了這人幾個關於果樹防凍護理的問題，他這幾天跟著焦老爺子，學到不少這方面的東西。

宋庭眼裡一亮，並沒有做過多思考，隨口就回答了。

是不是圈內人，一聽他們說的話就知道，用詞用語有他們的一套，一些專業詞彙是很多在果園工作的村民並不會用的。

確定之後，焦遠也沒再浪費時間，從口袋裡掏出一把萬用刀，將人鬆綁，也把另一人解開，讓宋庭先等在這裡，他則快速跑回鐵絲網那邊，對小柚子簡略說了一下，然後小柚子跑回去喊人過來幫忙。看那兩個人，在疲勞、飢餓、濕冷環境多重夾擊下，待在室外的時間太久了，走路都未必方便，單憑焦遠一個人揹不動。

小柚子跑了幾次果園，也熟悉了點，不怕跑丟，她快速跑去喊人過來幫忙。

鄭歎在這邊幫著焦遠，防止周圍有什麼可疑人物，要是昨天晚上的黑車劫匪又出現了怎麼辦？焦遠一個高中生可扛不住那些職業打劫的。

沒過多久，果園那邊來人了，開著果園裡專用的小車過來的，他們將鐵絲網那裡的門打開，把兩個傷患抬進車，送往鎮上的醫院。

因為出了這事，原本打算在果園裡留到吃晚飯才回去，現在看來得變更計畫，中午快到吃飯的點的時候，焦老爺子便直接帶著孩子乘著驢車回去了。

上板車前，鄭歎見到那頭驢跟在五爺爺身邊甩著尾巴叫著，與早上戲弄花貓之後的叫聲不同，在五爺爺眼前的時候這傢伙的聲音，聽著……鄭歎總覺得有些嗲。

原來驢也會撒嬌。

聽說，救回來的兩人很快從鎮上的醫院轉到縣裡最好的醫院去了。這次的事情鬧得挺大，聽說政府單位裡的幾個長官都發話要嚴查。

◆◇◆◇◆◇◆◇◆

難得農科院主動來個專家，指導一下這邊的果樹防凍和災後補救工作，沒想到會遇到這種事情，這件事要是解決不好，以後哪個專家還會過來指導？現在專家多，但是正宗的好專家可不太好找。

為什麼說「正宗」的「好」專家呢？

因為現在很多被高薪聘請過來的或者上面直接派下來的某些專家，先不說有多少真才實學，不僅架子大，過來隨便指導一下，還得吃個盛宴，拿幾個紅包，然後立刻走人。但是這次來的這個，在業內的名氣可不小，為人也是出了名的好，沒想到一來這邊就碰上黑車打劫的了，簡直操蛋透頂！

很多事情雖然上面沒明說，但有些聰明點的也能從中推測出一些潛在的資訊來。宋庭這麼年輕有了這麼大的成就，在圈子內也很有名氣，除了他自己的能力強之外，也能看出後面是有靠山的，不然不會這麼快上面就動作了。

宋庭的父母都是老一輩從事這方面的專家，對國家的貢獻很大，現在就算一把年紀了也還沒退休，老人家桃李滿天下，在圈子內有很高的威望。作為農業為主還有實驗基地的地區，跟專家打交道是少不了的，以後也少不了，所以只要不傻的都知道，這件事得嚴肅對待，一點都不容馬虎，丟失的東西雖然宋庭說沒什麼機密檔案，但還是趕緊找回來的好。

或許那幾個劫匪沒想到上面忙著救災的時候還能顧及到他們，也沒想到宋庭他們這麼快就被人發現了，幾個劫匪還打算換個鎮再幹幾票的，不料除夕當天一大清早就被人從被窩裡揪了出來銬上了。

這夥人幹這種事不是一、兩次了，採流動作案，幹一票換個地方。要不是這次相關單位行動快，雷厲風行，不容忽視，不容包庇，再加上有人主動舉報，警方未必能這麼快就抓到他們。

至於另一個被綁者，確實是焦爸他們村的人，剛滿二十歲，以前在村裡的名聲不太好，並不是說這人做了多少危害村民的事情，而是這人國中畢業之後就沒再上學了，沒興趣讀，也不想種田，成天跟人在外面混，還打過架。但從根本上講，這人的性子並不歪，見義勇為的事情也做過幾次。

後來在家裡人的建議下跟著村裡幾人去沿海那邊的一個服裝廠打工，兩年沒回家了，今年回來碰上雪災，麻煩不少，回來都快到村裡了卻碰上打劫的，挨了頓揍，要不是發現得及時，再等個小半天很可能會有生命危險。幸而現在他已經好多了，在醫院還跟家裡人說笑打鬧。

不過，那些鄭歎都不在意。

◆◇◆◇◆◇◆◇◆

除夕之夜，鄭歎沒睡，他昨天看到焦老爺子買了一些紅包，那種簡單的上面印著「壓歲包」三個字的紅包，今晚包好了等著明天給孩子們。

其實很多時候村裡人比較隨意，並不用紅包包著，直接掏口袋就給了，但焦老爺子趕時髦，特意去買了一些，鄭歎撈了兩個過來，在小柚子和焦遠睡著之後，將帶過來的錢放進去。

鄭歎知道焦家兩位老人給壓歲錢一直都是給一百塊錢紙鈔，這是村裡人給紅包最多的了，再往下就是零錢。按照村裡的習慣，焦爸焦媽不會給兩個孩子壓歲錢，所以鄭歎打算著，這次給焦遠和小柚子多點壓歲錢，這樣他就是今年給紅包給最多的了，想想就有點小得意。

鄭歎往兩個紅包裡各塞了五百，這是他從小郭手裡賺到的加班費，銀行帳戶裡的錢不好取，就只能用這個了。

將紅包封口折好，想了想，鄭歎弄了點今晚沒吃完的紅燒肉碗裡的油，往爪子上抹了抹，然後印在紅包背面，上面顯示出模糊的貓爪狀的油漬。這樣就不會與其他人的弄混了。

處理好之後，等小柚子和焦遠睡著之後，鄭歎將紅包放在他們的床頭，然後才去後院用冷水和肥皂匆忙洗了洗手，擦乾之後回去睡覺。

大年初一大清早，鄭歎就聽到焦老爺子和老太太的聲音。老人們總是習慣早起，過年這段時間更是勤快。

今天誰都沒睡懶覺，小柚子和焦遠之後也很快起來，今天依然有很多工作，家裡還會有拜年的客人。不過，小柚子和焦遠醒的時候，視線還模糊著，不太清醒，正打哈欠就聞到了一股紅燒肉的氣味。

往常早餐一般都偏清淡些的，所以兩孩子都想著，難道今天的早餐改紅燒肉了？等穿衣服的時候才發現，床頭放著一個紅包。

拿起來一看，紅包比往常收到的要明顯厚很多，而背面，一個油膩膩的帶著紅燒肉氣味的貓爪印印在那裡，不用多想就知道這屬於誰的。

而更讓焦遠和小柚子吃驚的是，紅包裡有五百塊錢！

鄭歎有不少私房錢，這件事焦遠和小柚子早就知道了，焦遠還從鄭歎那裡借過錢。但借錢是一回事，收到壓歲錢紅包是另一回事，焦遠和小柚子的心情那是相當奇特和複雜，畢竟在他們看來，鄭歎的貓齡比他們要小得多，而且這裡面可是放著五百塊啊！對於學生來說，這些錢已經相當多了。

焦遠一臉糾結的看著手上的紅包，他其實很想大聲吼一聲「我艸」來緩解紅包帶來的衝擊，但顯然不行，真要是吼出來的話，肯定會被家裡的四個長輩批，大年初一的，他可不想挨訓。

焦老爺子和老太太看到從各自房間走出來的焦遠和小柚子，笑得眼睛都瞇起來了，還沒等兩個孩子說什麼就趕緊掏口袋將準備好的紅包遞過去。

和鄭歎所料想的一樣，老人家給出的都是一百塊，看那厚度就知道了。鄭歎忍不住在旁邊得意：都沒我給的多！

「啊，黑碳，還有你的。」

焦老爺子和老太太又掏了掏，也是和往年一樣，鄭歎的紅包一個裡面裝著豬肉脯，一個裡面裝著魚片乾。不過，今年兩位老人家給的多了些，往年一個紅包裡面只裝一袋，現在裝了兩袋，加倍了。

鄭歎的紅包分量加倍也是有原因的，前天的事情最大的功勞就在鄭歎，雖然在很多人眼中功勞歸到了焦遠和小柚子身上，但焦老爺子和老太太卻清楚這其中起關鍵作用的就是鄭歎。

而正因為這件事情，村裡的幾位幹事還專門過來謝過焦老爺子，甚至連鎮上的兩個政府人員還過來跟焦老爺子說話，這讓焦老爺子感到非常有面子，以前跟焦媽那邊的親家顧老頭聊的時候，顧老頭就經常得意的說他面子大、凡事靠刷臉，現在焦老爺子覺得自己下次見到顧老頭，也終於能多炫耀炫耀了。

焦遠和小柚子都沒將鄭歎給他們「巨額」紅包的事情說給兩位老人聽，怕將老人嚇著。焦遠趁焦爸空閒時將人拉進房，帶著一臉「臥了個大槽」的表情，將鄭歎給他們紅包的事情說給焦爸聽了。

焦爸沉思了一會兒，然後道：「那就收下吧。按照貓跟人的年齡換算來看，黑碳已經算是中年了，你還只是少年，估計牠把你當小輩看。」

焦遠：「……這樣也算？」

「這也是黑碳的心意。再說了，黑碳現在算是工作了幾年的高薪階層，你還是只個高中生，他一個月的薪酬抵你半年的生活費。哦，牠年底那段時間拍紀錄片的片酬更多。」

焦遠：「……」好打擊人。

其他家的貓，給禮物的也有不少例子，比如已經玩死的老鼠、殘缺不全的蚱蜢或者其他「小玩意兒」等等，但被自家貓給壓歲錢這種經歷大概只有焦遠和小柚子才會有，也只有他們才能體會到那種複雜而糾結的感覺了。

◆◇◆◇◆◇◆◇◆

早上跟著出去上墳回來，鄭歎發現老宅裡坐著個人，是那個叫宋庭的。焦老爺子笑得滿臉菊花開，一口一個「宋專家」叫得熱切起勁。

相比起被綁的那時候，宋庭現在看起來好多了，眼角的瘀痕也淡化很多，好在那些劫匪沒有直接將他們的羽絨外套也剝走，不然的話，他們未必能夠安然的等到救援。宋庭也並沒有因為那天經歷的事情而消極，整個人看起來挺有精神，臉色健康多了。

宋庭來的時候，焦爸帶著焦遠他們剛離開，因為焦老爺子說不會太久，宋庭便一直坐在這裡等。看到焦爸一行人回來，宋庭眼裡的笑意閃過，視線先落在穿著背心的鄭歎身上，然後是焦遠和小柚子，再看向後面的焦爸焦媽。

拜年的話說完之後，宋庭就掏口袋了。

鄭歎心裡莫名的一咯登，總覺得有種不好的預感。

果然，下一刻就看到宋庭從口袋裡拿出了兩個做工比較精緻的、比鄭歎那個要大一倍的大紅包，而且紅包還很厚。

焦爸和焦老爺子一看到就坐不住了，起身想擋回去，最後挨不住宋庭的堅持，還是點頭讓兩個孩子收下了。

「哎，宋專家你這也太客氣了！」焦老爺子覺得壓力有些大，他們村還沒有給壓歲錢直接給一千塊的情況。

剛才焦遠收到紅包之後就回房間看了，然後暗地裡向焦爸和焦老爺子打了個手勢，告訴他們紅包裡面有多少，讓兩人心裡有個底。

事實上，宋庭的很多親戚之間給孩子紅包給的都多，一千、兩千的都屬平常，好像給少了有失面子似的。不過，這也是個置換的過程，你給他家孩子多少，他到時候再給你家孩子，紅包相互送，送不了壓歲錢紅包就記在其他事情上，到時候添在分子錢裡還回去。

宋庭很不喜歡弄那些所謂的「禮尚往來」，以前都是他老婆準備的，不過現在他老婆出國攻讀博士後，老人也不在身邊、給不了建議，最後還是決定按照以前親戚之間的送法，整了個大紅包給兩個孩子每人一千塊錢。

宋庭本想再包多些，他是真心感謝這兩個孩子，這麼多年來第一次碰到這種事情，還好兩個孩子和貓幫忙了，不然後果真的無法預料，紅包包更多都行。不過，最後宋庭被幾個朋友壓了下來，一般村裡的話，若給太多了人家的壓力也大，要感謝的話，其他方式也行。所以，這一千塊錢還是宋庭在朋友的勸說下減了不少的結果。

而鄭歎那邊，焦遠回房間看紅包的時候，他就趕緊跟著過去了，見到之後心裡無數個「艸」字隨著羊駝駝奔騰，看宋庭的視線都不怎麼好了。原本打算著今年給最高紅包的，結果還沒持續兩個小時，就被打破了。

鄭歎鬱悶得想掀桌，同時也琢磨著明年多賺點現金再送！到時候也弄個更大的、做工更精緻漂亮的紅包！

那邊有人來找焦老爺子，老爺子便讓焦爸留這裡跟宋專家多說說話。焦遠和小柚子被焦媽叫走後，這裡便只剩下焦爸和宋庭了。兩人都是教授，年紀也差不多，雖然從事的方向不同，但也不是完全沒交集，共同話題也能說起來，學術上高深的東西鄭歎聽得想睡覺。

等鄭歎短暫瞇了一覺醒來時，焦爸和宋庭說的話題轉到了這次雪災後的果林損失上，還說著要去捐款。

鄭歎一向沒心沒肺的，對捐款這種事情一點意向都沒有，也不覺得自己賺的錢要給不認識的人，他也不需要靠著捐錢來為自己賺名聲，他寧願多給焦家的人和認識的朋友。所以，在焦爸跟宋庭說著捐款的事情時，鄭歎便跑出去了，打算在外面走走。

今年村裡過年的喜慶氣氛並不那麼濃了，因為這場雪災，讓很多以地為生的人傷透了腦筋，種植養殖的人也是同樣的情況，都不樂觀，只想著盡力去挽回一些損失。

在外面玩鞭炮的小孩子也少了很多，都幫著家裡忙活著，家裡的收入直接與他們今後上學和結婚掛鉤，所以捨棄了玩鞭炮的時間去幹活。

鄭歎蹲在泥土路旁邊的一塊大石頭上，看著附近竄走的村民。

兩個老人從眼前的泥土路上走過，正說著話，並沒有注意到鄭歎。

聽他們的談話，好像是關於大家合力捐錢給一戶人家的事情，那戶人家的家庭條件不太好，瓦房本就出了很多問題，不牢靠，一場雪災下來塌了半邊，好在人沒事，除夕夜也是在一些村民的接濟下才勉強過去的，不然得受凍挨餓。於是，村裡的一些人就想著湊錢趕緊先幫他們把屋子修一下，否則沒地方住。

聽那兩個老人的說法，他們兩個自己家的條件也不算很好，只是過得去，家裡兒子、兒媳婦並不怎麼贊同捐錢，但老人想著，做點善事多給兒子孫子積點德，這樣以後也走得安心。很多人，年紀越大，就越來越相信一些玄乎的事情，行善積德什麼的。

都說好人有好報，惡人遭天譴。鄭歎曾經對這種說法很不屑，因為社會上各種坑蒙拐騙、弄虛作假、殺人越貨、淫邪偷盜的人，住著豪宅、開著豪車、泡著高品質的妞，過得比誰都好，反而是一些好人卻過得淒苦。

教育的失職，日漸繁重的生活壓力，以及越來越大的貧富差距，壓得人喘不過氣來。要人行善積德？不，他們越來越相信金錢至上，至於過程的好與壞，那有什麼關係？

不過，鄭歎突然又開始迷茫了，他想著，是不是缺德事做多了，他才突然變成一隻貓？

泥土路對面有個菜園子，裡面的一些菜都凍死了，但靠近一處籬笆的那邊有一些還活著，開著黃色小花的菜薹高高支起，隨著風微微擺動，增加了一些生氣和期望。

鄭歎看著那邊的菜薹漸漸入神了，直到一張驢臉突然出現，伴隨著相當突然的「昂嗯昂嗯」的驢叫，驚得鄭歎差點跳起來。而那驢卻頭一扭，甩動著尾巴跟著五爺爺走了。

看著那一人一驢走遠，鄭歎伸了個懶腰，往老宅跑去。

焦爸在送走宋庭之後進屋喝水，一進去就發現鄭歎蹲在桌子上垂頭做「沉思」狀，貓爪子下踩著一張銀行金融提款卡。

那是焦爸專門為鄭歎辦的一張提款卡，鄭歎的薪資和酬金都匯進裡面。

鄭歎已經好久沒看裡面的金額了，上次焦爸在網路銀行查詢的時候，鄭歎見到存款後樂了好一陣子。

焦爸出國之前將卡給鄭歎，現在回來這麼久也沒要回去，仍舊被鄭歎鎖在貓跳臺的抽屜裡藏得好好的，這次離開楚華市的時候，他裝在背心裡的除了一些現金、卡片刀，最重要的就是這張提款卡了，以備不時之需。

從開始到現在，焦爸並沒怎麼使用過這個帳戶裡的錢，這裡面的錢也未必比他自己銀行帳戶裡的錢少。

不過，焦爸沒想到鄭歎會將這張銀行提款卡帶出來，而且，現在這又是個什麼意思？

將手裡的報紙放到桌子一邊，焦爸現在也不急著離開了，關上房門，拖過來一張椅子坐下。

鄭歎將爪子下踩著的提款卡往焦爸眼前推了推。

焦爸疑惑的問：「你想領錢？」

鄭歎扭頭看了看周圍，看著焦爸剛才放在桌上的報紙。報紙是宋庭拿過來的，一份省報，上面的頭條就是關於雪災和賑災款的。

焦爸順著鄭歎的視線看向報紙，眉梢一挑，一臉古怪的問：「你想捐款？」

鄭歎點頭，將卡又往焦爸眼前推了推。不能說話就是不方便，不過好在焦爸早就適應了這種交流，以前還替鄭歎貼過小紙條呢。這要是被別人知道估計會驚掉下巴。

焦爸沉默了幾秒，然後笑著摸摸鄭歎的頭，嘆了口氣，看向窗外，一時沒說話。

鄭歎等了一會兒沒見焦爸有下文，正準備提醒一下的，卻見焦爸轉過頭來，道：「你真的準備捐款？」

鄭歎瞪眼：這還能有假？趁我還沒改變主意，趕緊把卡拿去捐點吧！難得下決心捐點錢。

看著鄭歎的眼神，焦爸嘿嘿一笑，「你這小子！」

焦爸跟宋庭商量的時候，已經決定捐款了，他們這裡也是災區，還有稍微遠點兒的，山那邊一些條件更差的村子，還有顧老爹那邊，都在這次受災的範圍。為了避免這其中的某些有問題，宋庭也拜託了幾個認識的朋友，他們會有人參與並監督，讓那些打著小心思的、想從賑災捐款中撈點的人提早放棄。也正因為這樣，焦爸才放心的捐款，不然他捐得也不踏實，這年頭慈善機構裡面也有不少問題。

鄭歎要是捐款的話，就只能跟焦家的人一起捐了，不能用另外的名頭。

這種事鄭歎覺得無所謂，難道他還想著讓大家都知道是他這麼一隻貓捐出來的嗎？那絕對會有人惦記上。而且，他沒那麼高尚的情懷，他捐款只圖個心安，畢竟一個完全正常的人突然變成一隻貓、還回到了過去的年份，想起來鄭歎都忐忑，感傷的時候盯著自己那與人類截然不同的貓爪子恨不得盯出個所以然來……至於捐款，別人知不知道都無所謂。

如果，真像那些老人們說的那樣，行善積德能得到福報，多做點善事，說不定什麼時候自己就能變回去呢？

鄭歎心裡樂觀的想著，這也是剛才焦爸進來的時候，鄭歎一直沉思的內容。

「捐多少？」焦爸又問道。

雖然焦爸心裡有譜，但他現在就想看看鄭歎的意思，問的時候也抬手將桌子上的一個大計算機拿過來，打開電源開關，然後放在鄭歎眼前。

這是焦老爺子和老太太常用的，為了方便兩個老人使用而買的那種大的、看得清楚按鍵與顯示器的類型。鄭歎盯著眼前的大計算機，抬手放到數字按鍵上。

一般捐款的錢都是整數，所以鄭歎先按了個「1」，然後挪到數字按鍵「0」那裡，打算按四個零，不過按的時候鄭歎的腦袋裡有些開小差，還在琢磨事情，他突然想起來這一年似乎事情還挺多，尤其是五月的那場。按完之後收回手，鄭歎後知後覺發現剛才按的似乎有些不對，抬頭看向計算機的顯示器——

果然，多了一個零！

鄭歎：「……」手誤，真的是手誤！

剛才他看報紙上登載的一則捐款新聞，明星們現場捐款的有不少都是一萬、兩萬塊錢的，他便琢磨著自己捐一萬就行了，結果按按鍵的時候腦子裡突然開了個岔，沒集中精神，一不小心就多按了一下……

沒等鄭歎反悔，焦爸已經將計算機拿過去看了。

看到顯示器上的「100000」，焦爸難得的驚訝了一下，他知道自家貓年前在寵物中心拿加班費都是五十塊不幹，必須得一百塊，小郭打電話給他的時候還說笑著提過幾次，沒想到這傢伙一出手就這麼大方。

相比起那些企業捐款來說，私人捐款要少得多了，尤其是普通民眾，十萬塊錢對很多人來說算是一筆鉅款，對於這次的大範圍雪災，鄭歎捐的比報紙上列出來的一些明星捐款金額還要多。

鄭歎這個銀行帳戶裡的錢可不少，以前曾因為一些的原因，葉昊匯了不少錢，現在這些錢仍舊在所有金額項目裡面占據著前幾名；這幾年下來，也因為這樣那樣的原因又匯過幾次錢，每次都不少，葉昊出手一直是很爽快。

「真的捐這些？我本來打算捐十萬的，沒想到你也是。」焦爸說道。想到焦遠跟自己說的壓歲錢的事情，焦爸再次笑著搖搖頭，他家這貓還真是……

鄭歎糾結了一下，不過，想想帳戶裡的那些錢……算了，十萬就十萬吧，不改了。

將提款卡推給焦爸，鄭歎跳下桌子離開。

◆◇◆◇◆◇◆◇◆

過了幾天，宋庭又來了一趟，上次跟他一起被綁的年輕人今天出院回家，他讓司機將對方送過來，畢竟當時被劫的時候這年輕人可幫過他不小的忙，這次還差點連命都丟了。宋庭在瞭解對方家裡的情況之後，便推薦了一個沿海那邊的食品加工廠，讓那年輕人身體恢復了之後可以過去試試，薪資待遇還不錯，這讓那年輕人家裡都歡喜得很。

趁著這次送人過來，宋庭也跟焦爸聊了聊，還帶過來相關的捐贈證明。

焦爸的意思是這二十萬是全家捐款，跟宋庭說起來的時候特意說了句「我家貓賺的錢也包含在裡面」，宋庭笑了笑，只當焦爸在開玩笑，不過他對鄭歎的印象確實不錯，要不是鄭歎，他不知道什麼時候才能被人發現。

除此之外，袁之儀那邊，焦爸也會參與公司的捐款。他並不止拿出了這些錢，因為這次家鄉受災，他自己本身的體會也大，而且袁之儀還想著要公司在公眾眼前提升好感度。

焦爸跟宋庭聊著的時候，鄭歎在外面看了看，送宋庭過來的是一輛轎車，裡面還有個司機。不過，看那司機也不單單只是司機，大概還兼職保鏢，就怕宋庭坐車的中途又出什麼岔子。

從宋庭的話中能看出來，他對這個村子的印象很不錯，在外面也為這個村子說過不少好話。那個年輕人也姓焦，不過跟焦爸他們沒親戚關係。這個村子裡大部分人都姓焦，有些家裡男女方都同一個姓氏，這也是為什麼同樣姓焦，焦爸喊趕驢車的五爺爺為五表叔而不是五堂叔的原因，不過到了焦遠他們這輩，喊人就簡單了很多，都直接叫叔叔、爺爺了。

鄭歎他們不會留在這裡過元宵節，小柚子和焦遠還要回去報到，焦爸的工作在那之前也要提前開始，很多研究生正月初十左右就返校了，尤其是比較忙碌、專案課題比較多的的理工科類，寒假不過一、兩個星期的時間，學校官網上說的都是屁，這是內部規則，不會拿到明面上來說。

要回楚華市的那天，宋庭正在離這裡不太遠的一個果樹實驗基地，聽說焦爸他們要離開，還跑過來送行，提了些水果來。

讓鄭歎生氣的是，五爺爺牽著那頭驢過來的時候，那驢還湊到車前朝鄭歎怪怪地叫了幾聲，那嘴巴還動啊動，眼微眯，像是在嘲諷似的。

在這前一天，鄭歎蹲在一棵樹上看鄉村冬景時，這頭賤驢被五爺爺牽著路過，看到鄭歎，這傢伙走到樹下，屁股朝著樹幹的方向拉大便，正好拉在鄭歎趴著的那根樹枝的正下方。拉完之後還看了看鄭歎，支稜著的長耳朵動了動，甩甩尾巴跟著五爺爺走了。

現在這傢伙又一副這種賤賤的樣子，氣得鄭歎想衝上去對著那張驢臉搧幾巴掌踹幾腳，要不是被小柚子抱著，鄭歎早就搧過去了。

看著那頭正得意著的驢，鄭歎咬牙：等著，老子明年回來過年的時候揍死你這傢伙！

鄭歎的背心裡面還有一個紅包，是從焦老爺子那裡「拿」過來的，他現在手上沒多少錢，回去後打算再包一個給卓小貓。其實鄭歎還想著也包一個給小九，但考慮到小九背後的瞎老頭坤爺，還是算了，引起太多注意也麻煩，反正到時候小柚子肯定會帶很多吃的給那傢伙。

《回到過去變成貓09我家有隻明星喵！》完

敬請期待更精采的《回到過去變成貓10》

Novel KILO
Illust 薩那SANA.C
TAKASAGO PROJECT
眼球戰車
幻瞳與百目鬼
高砂幻想譚第2彈!!
今晚你要幾顆眼球呢？www
當魔法師對上退魔三家，
當眼球殺手激爆出沒，
今夜的高砂北都妖影幢幢！
奇特的眼球魔法師，教你如何吸眼上身！
典藏閣
華文聯合出版平台 www.book4u.com.tw
采舍國際 www.silkbook.com
不思議工作室
立即搜尋
版權所有© Copyright 2016

羊角系列 030

回到過去變成貓 09

我家有隻明星喵！

出版者■典藏閣
作　者■陳詞懶調　　繪　者■PieroRabu　　拉頁畫者■touko、多玖實
授權方■上海玄霆娛樂信息科技有限公司（起點中文網 www.qidian.com）
總編輯■歐綾纖
製作團隊■不思議工作室
郵撥帳號■50017206 采舍國際有限公司（郵撥購買，請另付一成郵資）
台灣出版中心■新北市中和區中山路 2 段 366 巷 10 號 10 樓
電　話■(02) 2248-7896　　傳　真■(02) 2248-7758
物流中心■新北市中和區中山路 2 段 366 巷 10 號 3 樓
電　話■(02) 8245-8786　　傳　真■(02) 8245-8718
ＩＳＢＮ■978-986-271-720-2
出版日期■2016 年 10 月

全球華文國際市場總代理／采舍國際
地　址■新北市中和區中山路 2 段 366 巷 10 號 3 樓
電　話■(02) 8245-8786　　傳　真■(02) 8245-8718

新絲路網路書店
地　址■新北市中和區中山路 2 段 366 巷 10 號 10 樓
網　址■www.silkbook.com
電　話■(02) 8245-9896
傳　真■(02) 8245-8819

線上總代理：全球華文聯合出版平台
主題討論區：http://www.silkbook.com/bookclub　◎新絲路讀書會
紙本書平台：http://www.silkbook.com　◎新絲路網路書店
瀏覽電子書：http://www.book4u.com.tw　◎華文電子書中心
電子書下載：http://www.book4u.com.tw　◎電子書中心（Acrobat Reader）

☞您在什麼地方購買本書？☜

1. 便利商店（________市／縣）：□7-11　□全家　□萊爾富　□其他________

2. 網路書店：□新絲路　□博客來　□金石堂　□其他________

3. 書店（________市／縣）：□金石堂　□蛙蛙書店　□安利美特animate　□其他____

姓名：________地址：________

聯絡電話：________　電子郵箱：________

您的性別：□男　□女　　您的生日：西元________年________月________日

（請務必填妥基本資料，以利贈品寄送）

您的職業：□上班族　□學生　□服務業　□軍警公教　□資訊業　□娛樂相關產業
□自由業　□其他________

您的學歷：□高中（含高中以下）　□專科、大學　□研究所以上

☞購買前☜

您從何處得知本書：□逛書店　□網路廣告（網站：________）　□親友介紹
（可複選）　□出版書訊　□銷售人員推薦　□其他________

本書吸引您的原因：□書名很好　□封面精美　□書腰文字　□封底文字　□欣賞作家
（可複選）　□喜歡畫家　□價格合理　□題材有趣　□廣告印象深刻
□其他________

☞購買後☜

您滿意的部份：□書名　□封面　□故事內容　□版面編排　□價格　□贈品
（可複選）　□其他

不滿意的部份：□書名　□封面　□故事內容　□版面編排　□價格　□贈品
（可複選）　□其他

您對本書以及典藏閣的建議________

✌未來您是否願意收到相關書訊？□是　□否

感謝您寶貴的意見

印刷品

$3.5
請貼
3.5元
郵票
不思議信箱
FUSIGI POST

235 新北市中和區中山路二段366巷10號10樓
華文網出版集團 收
（典藏閣－不思議工作室）

陳詞懶調×PieroRabu

回到過去變成貓

BACK TO THE PAST
TO BECOME A CAT NO.9

豆腐
黑碳

瑪律斯
touko

tacumi
多玖実
阿黃

黑碳